T0245707

Vida mortal e inmortal de la niña de Milán

Vida mortal e inmortal de la niña de Milán

Domenico Starnone

Traducción del italiano de
Ana Ciurans Ferrándiz

Lumen

narrativa

Papel certificado por el Forest Stewardship Council®

Título original: *Vita mortale e immortale della bambina di Milano*

Primera edición: febrero de 2023

© 2021, Giulio Einaudi editore, s.p.a., Torino
© 2023, Penguin Random House Grupo Editorial, S.A.U.
Travessera de Gràcia, 47-49. 08021 Barcelona
© 2023, Ana Ciurans Ferrándiz, por la traducción

Printed in Spain – Impreso en España

ISBN: 978-84-264-2488-4
Depósito legal: B-22.384-2022

Compuesto en M. I. Maquetación, S. L.
Impreso en Liberdúplex, S. L.
Sant Llorenç d'Hortons (Barcelona)

H 4 2 4 8 8 4

Para Alberto Cozzella, Pierangelo Guerriero
y Giovanni Polara,
compañeros de colegio y amigos,
en orden alfabético

1

Entre los ocho y los nueve años me propuse encontrar la fosa de los muertos. Acababa de aprender, en italiano escolar, el mito de Orfeo, que había rescatado a Eurídice, su novia, del inframundo al que ella había ido a parar por culpa de la mordedura de una serpiente. Planeaba hacer lo mismo con una niña que por desgracia no era mi novia, pero que podía llegar a serlo si lograba sacarla de debajo de la tierra y conducirla a la superficie hechizando a cucarachas, mofetas, ratas y musarañas. El truco consistía en no volver la vista atrás para mirarla, lo cual era más difícil para mí que para Orfeo, al que me sentía muy próximo. Yo también era poeta, pero en secreto, y componía versos atormentados si no veía a la niña al menos una vez al día, lo cual era difícil que ocurriera porque ella vivía en la casa de enfrente, un edificio recién construido de una bonita tonalidad azul claro.

La cosa había empezado en marzo, un domingo. Mis ventanas estaban en el tercer piso, la niña tenía un gran balcón con balaustrada de piedra en el segundo. Yo era infeliz por naturaleza, ella seguramente no. En mi fachada nunca daba el sol, en la suya creo que siempre. En su balcón había muchas flores variopintas, en mi alféizar nada, o como mucho la bayeta gris que mi abuela colgaba del tendedero después de fregar el suelo. Aquel domingo empecé a mirar el balcón, las flores y la felicidad de la niña, que tenía el pelo de color azabache como Lilith, la india que se había casado con Tex Willer, el vaquero protagonista de las historietas que nos gustaban a mi tío y a mí.

Ella jugaba a ser —eso me pareció— la bailarina de una caja de música; daba saltitos con los brazos extendidos hacia arriba y de vez en cuando hacía una pirueta. Desde el interior de la casa llegaba la voz de su madre que, amablemente, le hacía recomendaciones como que no sudara, o qué sé yo, que tuviera cuidado con las piruetas porque acabaría dándose un golpe contra el cristal de la puerta y haciéndose daño. Ella respondía con delicadeza: No, mami, sé hacerlas, no te preocupes. Madre e hija se hablaban como en los libros o en la radio, lo cual me causaba una especie de languidez, no por el significado de las palabras, que olvidé hace mucho tiempo, sino porque me sonaban encantadoras, muy diferentes de las de mi casa, donde solo se hablaba en dialecto napolitano.

Pasé la mañana en la ventana, muriéndome de ganas de mudar de piel y emigrar bajo una nueva apariencia —guapo, limpio, con dulces palabras poéticas aprendidas en la cartilla— al balcón de allí abajo, en medio de aquellas voces y colores, y vivir para siempre con la niña, a la que de vez en cuando le preguntaría con afectación: ¿Me dejas tocarte las trenzas, por favor?

Pero ocurrió que, en un momento dado, ella reparó en mí, y yo, avergonzado, me retiré. No debió de hacerle gracia.

Dejó de bailar, echó un vistazo a mi ventana y reanudó la danza con más energía. Y como me guardé muy bien de mostrarme de nuevo, hizo algo que me dejó sin aliento: se subió a la balaustrada, con cierto esfuerzo, se puso de pie y siguió bailando a lo largo del estrecho remate.

Qué bonita era su figurita recortada sobre los cristales que brillaban al sol: los brazos levantados, los pasos audaces, el reto a la muerte. Me asomé para que me viera bien, dispuesto a arrojarme al vacío si se caía.

2

Como el maestro Benagosti le había dicho a mi madre, apenas un año antes, que era un niño con un futuro prometedor, yo consideraba que encontrar la fosa de los muertos y levantar la losa que la cubría para bajar a las profundidades sería una empresa muy fácilmente asequible para mí. Gran parte de la información que tenía sobre aquel peligroso lugar procedía de mi abuela materna, que sabía muchas cosas sobre la ultratumba gracias a conocidos, amigos y consanguíneos fallecidos recientemente por culpa de las bombas y de las batallas por tierra y mar —sin contar con que solía dialogar con su marido, quien se había ido al otro barrio a los dos años de casarse.

Lo bueno de mi abuela es que con ella nunca me sentía cohibido; primero porque me quería más que a sus hijos —mi madre y mi tío—, y segundo porque en casa no tenía ninguna autoridad, la tratábamos como a una criada tonta cuyo único cometido era obedecer y trabajar. Por eso no me cortaba a la hora de hacerle montones de preguntas sobre lo primero que me pasaba por la cabeza. Debía de ser tan agobiante que a veces me llamaba, en dialecto napolitano, perejil de todas las salsas, refiriéndose a que era como el perejil, el perejil picado, ese verde oscuro como las moscas estivales que revolotean entre los vapores de la cocina y a veces se mojan las alas y acaban en la olla de la sopa. Vete —me decía en dialecto—, qué quieres ahora, perejil de todas las salsas, quítate, hala, hala. Aunque lo decía con voz y gesto de enfado, se reía, y yo también, y si no, le hacía cosquillas en los costados hasta que gritaba: Basta, que me meo encima, quieres quitarte ya, ve a dar la tabarra a tu madre. Pero yo no la dejaba en paz, faltaría más. En aquella época casi no abría la boca, iba a lo mío, huraño dentro y fuera, en casa y en la escuela. Solo hablaba con ella, que compartía mi mutismo y se guardaba las palabras para sí, o como mucho las usaba conmigo.

La historia de la fosa de los muertos había empezado a contármela un año antes, hacia Navidad, un día que yo estaba triste y le pregunté: ¿Qué hay que hacer para morir? Ella, que estaba desplumando la gallina a la que acababa de retorcer el pescuezo con un gesto brusco y una mueca de asco, me respondió distraída: Te echas al suelo y dejas de respirar. ¿Del todo?, le pregunté. Del todo, respondió. Pero luego se preocupó —creo que porque me vio tumbado en el pavimento helado, donde no iba a dejar de respirar, sino a pillar un resfriado— y me llamó —Ven aquí, cariño mío— para que me uniera a ella y a la gallina muerta, que flotaba en el agua hirviendo. ¿Qué te pasa?, ¿con quién te has disgustado? Con nadie. Entonces, ¿por qué quieres morir? Le respondí que no quería morir, que solo quería morirme un rato y luego levantarme, y ella me explicó que no se podía morir un rato, a menos que uno fuera Jesús, que resucitó a los tres días. Lo mejor, me aconsejó, era estar vivo siempre y no distraerse, no fuera yo a acabar bajo tierra por casualidad. Fue entonces cuando, con el fin de que yo entendiera que bajo tierra no se estaba bien, me habló por primera vez de la fosa de los muertos.

La fosa —todavía me acuerdo de sus palabras, una por una— está cubierta por una losa de mármol con cerradura, armellas y cerrojo, porque si no se cierra como es debido, los esqueletos con un poco de carne se agolpan en la salida junto con las ratas, que se pasean por encima y por debajo de las sábanas que los cubren, amarillas de sudor a causa de la agonía reciente. Una vez levantada la losa, hay que entrar, volver a cerrarla enseguida y bajar por una escalera que no conduce a un pasillo, a una habitación amueblada o a un salón con lámparas de cristal, caballeros, damas y damiselas, sino a nubes de tierra, rayos, centellas y trombas de agua que apesta a carroña; y el viento (el viento, *guaglió*) es tan fuerte que raspa las montañas y forma, en el cielo y en la tierra, una papilla de polvo amarillo como la toba. A los aullidos del viento y a los tronidos de las tormentas en cadena —contaba— hay que añadir el martilleo del cincel sobre la piedra que hacen los muertos, todos hombres, con sudarios andrajosos y vigilados por ángeles y beatas de ojos rojos y túnicas moradas, los largos cabellos restallando al viento y las alas como esta gallina pero con las plumas de color negro corvino cerradas detrás de la espalda o desplegadas, según se tercie. Trabajan, los muertos, para reducir a pedrisco bloques enormes de mármol y granito. El pedregal se extiende hasta un mar de barro, con olas altísimas de crestas de espuma podrida, como la que se forma al exprimir naranjas llenas de gusanos. Ay, Virgen santa, cuántos muertos hay, muchísimos. Por no hablar de las muertas, que siempre están muy azoradas porque la fuerza del viento hace temblar todo a su alrededor (las montañas, el cielo con nubes de tierra, el agua de cloaca que llueve racheada y va a parar al mar, siempre revuelto), y algo se agrieta en el paisaje sin interrupción, o mejor dicho, el paisaje mismo se desgarra y las nubes se caen a pedazos y en oleadas. Entonces, las muertas, arrebujadas en las sábanas de su agonía, deben apresurarse a coser, con hilo e aguja o con modernas máquinas de coser, tiras de piel de gamuza para recomponer las montañas, el cielo y el mar mientras los ángeles, rojos de rabia, les gritan: ¿Qué hacéis?, ¿en qué coño estáis pensando? ¡Cabronas, pelandruscas! ¡Trabajad!

Al principio, aquella acumulación de revoloteos, terremotos y maremotos me abrumó y me dejó boquiabierto. Pero luego me di cuenta de que algunos pasajes rayaban en la incongruencia. Los relatos de mi abuela no brillaban por su precisión y había que ponerlos en orden, porque ella solo había llegado a segundo de primaria y yo estaba en tercero y además era mejor estudiante. Por eso la obligaba a volver sobre el tema y a arrojar luz sobre el argumento; a veces le sonsacaba medias palabras y otras veces, historias largas y fluidas. Luego afinaba la información en mi cabeza y enlazaba los retazos con mi fantasía.

Pero me quedaban muchas dudas. ¿Dónde estaba la losa de mármol? ¿En el parterre del patio o fuera? ¿Saliendo a mano derecha o a izquierda? Uno levantaba la losa —de acuerdo—, descendía quién sabe cuántos peldaños, y, de golpe, bajo tierra, se encontraba con un espacio abierto, con cielo, agua, viento, rayos y centellas. Pero ¿había luz eléctrica ahí abajo?, ¿había un interruptor? Y si necesitaba algo, ¿a quién acudía? Cuando agobiaba a mi abuela para sonsacarle más información, a menudo parecía que se había olvidado de todo lo que me había contado y tenía que recordárselo punto por punto. Una vez, para redondear, me habló con detalle de los ángeles de plumas negras que, en su opinión, eran gentuza que mataba el tiempo revoloteando en los torbellinos de polvo e insultando a los trabajadores y las trabajadoras que picaban piedra y cosían. Los que trabajan, muchacho, nunca son malos —me instruyó—, y los que no trabajan y engordan con el trabajo de los demás, son unos pedazos de mierda. Ay, cuántos hay en el mundo que se creen alguien y solo quieren mandar. Que si ahora haz esto, que si luego haz aquello... Su marido, mi abuelo —que había detenido el tiempo cuando contaba veintidós años, dos menos que ella, y allí se había quedado para siempre (de hecho, yo era el único niño del mundo que tenía un abuelo prácticamente veinteañero, de bigote y pelo muy negros, albañil de profesión)—, no revoloteaba por los andamios para divertirse ni zanganeaba por las obras. Su marido había empezado a aprender el arte indispensable de la construcción a los ocho años y había sido un buen albañil. Y una tarde se cayó del andamio no por incompetencia, sino por cansancio, por culpa de los holgazanes que lo hacían trabajar demasiado. Quedó destrozado, sobre todo la cara, bien parecida como la mía, y le salió mucha sangre de la nariz y de la boca. Él también —me confió mi abuela en una ocasión— le hacía cosquillas; se las hizo hasta el día antes de morir y marcharse a trabajar para siempre a la fosa de los muertos, dejándola sola en la superficie con una niña de dos años, embarazada de otro y sin un céntimo, y convirtiéndola así en una persona que jamás llegaría a conocer un poco de paz y de tranquilidad. Pero ven aquí, *scazzamaurié*, ven con tu abuela, que te quiere.

A menudo me llamaba así: *scazzamauriéllo*, que es como en Nápoles se denomina a los espíritus benignos. Para ella yo era como un diablillo, un duende molesto y benévolo —una mosca cojonera más lista que el hambre— que ahuyentaba las pesadillas nocturnas y diurnas. Según mi abuela, esa clase de duendes vivían en la fosa de los muertos, donde corrían y saltaban sobre el pedrisco gritando, riendo y persiguiéndose unos a otros. De baja estatura, pero robustos, recogían las lascas de mármol y las cortantes esquirlas de granito en grandes cestos. Elegían con cuidado las más planas y afiladas, poniéndolas al rojo vivo solo con el toque de sus gruesos dedos, y las arrojaban contra los espectros y los fantasmas exhalados por el último suspiro de los cadáveres, humo y cenizas de antiguos malos sentimientos que no se resignaban a quemarse del todo. A veces —había susurrado hacía poco una tarde en la que estaba muy melancólica—, los duendes lograban pasar por el resquicio de la losa haciéndose pequeños y finos. Se paseaban por Nápoles, entraban en las casas de los vivos, ahuyentaban a los espectros malignos y transmitían alegría. También ahuyentaban a los fantasmas de mi abuela, sobre todo a los que la asustaban sin ningún respeto, sin tener en cuenta que estaba cansada y que se había pasado la vida cosiendo guantes de gamuza para damas y que ahora era la criada de toda la familia —hija, yerno y nietos—, aunque al único que ella servía y siempre serviría y reverenciaría contentísima era a mí.

3

Sin embargo, más que un pillastre que ahuyentaba las pesadillas, yo prefería ser un poeta encantador que rescataba novias de la fosa de los muertos. Aunque en aquel momento no hubo necesidad. La pequeña bailarina mantuvo el equilibrio sobre la balaustrada y en vez de caer y estrellarse contra el suelo, como mi abuelo, dio un salto elegante, aterrizó en el balcón y desapareció tras la puerta de cristal dejándome con el corazón no en puño, sino palpitándome en los ojos.

No obstante, empecé a preocuparme por ella. Tenía miedo de que si no se había caído entonces se cayera más adelante, así que el tiempo para conocerla apremiaba. Esperé a que apareciera en el balcón y cuando eso ocurrió levanté la mano y la saludé, pero con discreción, sin energía, para no sentirme humillado si no me respondía.

En efecto, no me respondió ni ese día ni el siguiente ni al otro, o porque era objetivamente difícil discernir mi gesto, o porque no quería darme esa satisfacción. Por consiguiente, se me ocurrió la idea de vigilar el portal de su edificio. Confiaba en que la niña saliera sola y quería aprovechar la oportunidad para hacer amistad, charlar de vaguedades en italiano y decirle: ¿Sabes que si te caes, te matas? Mi abuelo murió de esa manera. Consideraba necesario darle esa información para que ella pudiera decidir, con conocimiento de causa, si quería correr ese riesgo o no.

Durante días, dediqué a ese objetivo las dos horas libres —una después del colegio y otra después de comer, antes de hacer los deberes— que pasaba jugando en la calle, donde me pegaba con niños mucho más salvajes que yo o hacía cosas peligrosas como dar volteretas en una barra de hierro. Pero ella no apareció nunca, ni sola ni con sus padres. Era evidente que nuestros horarios no coincidían, o bien no tuve suerte.

En cualquier caso, no me rendí. En aquel periodo estaba muy nervioso. Tenía la cabeza llena de palabras y de fantasías, y todas confluían en ella. No eran coherentes —en mi opinión, los niños no saben lo que es la coherencia, enfermedad que se contrae al crecer—, y recuerdo que quería muchas cosas a la vez. Quería, gracias a un golpe de suerte, encontrar su piso en la segunda planta, llamar al timbre y, en la lengua de los libros que me prestaba el maestro Benagosti, decirle a su padre o a su madre —pensándolo bien, mejor a su madre, los padres todavía me daban miedo—: Querida señora, su hija baila de maravilla sobre el antepecho del balcón, y es tan guapa que no pego ojo por las noches pensando que podría morir sobre la acera con la nariz y la boca llenas de sangre como mi abuelo, el albañil. Al mismo tiempo, quería permanecer en mi puesto en la ventana, a la espera de que volviera al balcón a jugar, y demostrarle que yo también me atrevía a correr un peligro mortal andando de la ventana del retrete a la de la cocina, paso a paso y sin mirar abajo, una hazaña que ya había afrontado un par de veces —era fácil, las ventanas tenían el antepecho en común— y que repetiría con gusto por tercera vez si ella me hacía una señal de aprobación. Por último, suponiendo que lograra hablarle, quería hacerle saber —una cosa lleva a la otra— que me había enamorado de ella y que mi amor sería eterno; además, si estaba emperrada en bailar sobre el antepecho de la balaustrada y en caerse, podía contar conmigo: iría en persona a rescatarla de la ultratumba sin hacer la tontería de mirar atrás. Convertirme en un espía, morir para demostrarle mi audacia y sacarla de la fosa de los muertos no eran, para mí, contradicciones; es más, me parecían varios capítulos de la misma aventura, donde yo, de una manera u otra, siempre hacía muy buen papel.

Entretanto, no solo no conseguí conocerla, sino que un largo periodo de lluvias me impidió también admirarla mientras jugaba en el balcón. Me dediqué entonces, entre chaparrón y chaparrón, a la búsqueda de la fosa de los muertos para que el trágico suceso no me pillara por sorpresa. Había hecho algunas pesquisas después de que mi abuela me hablara por primera vez de la fosa, pero sin dedicarles mucho tiempo. Gracias a los libros del maestro Benagosti, a los tebeos que me compraba mi madre y a las películas que veía en el cine Stadio, tenía un montón de papeles que desempeñar —el de vaquero, vagabundo, grumete, náufrago, cazador, explorador, caballero errante, el de Héctor, Ulises y el de tribuno de la plebe, por mencionar algunos—, así que encontrar la entrada de la fosa de los muertos había sido una actividad secundaria. Pero con la irrupción de la niña en mi vida de aventurero, me empleé a fondo y tuve suerte.

Una tarde en que —como decía, nerviosa, mi abuela— ahora llueve, ahora abonanza y ahora chispea, y por eso no podía alejarme mucho de casa, vagaba con un amigo por el patio lleno de charcos donde se reflejaban las nubes cuando descubrí en el suelo, detrás del parterre grande de las palmeras, una piedra rectangular que, si me tumbaba encima, era más larga que yo y tenía un grueso cerrojo brillante de lluvia. La vi y me estremecí; me dejó helado, no solo de frío y humedad, sino también de miedo.

—¿Qué pasa? —preguntó, alarmado, mi amigo, que se llamaba Lello, vivía en la escalera B y me gustaba porque si estábamos solos hablaba en un italiano vagamente parecido al de los libros.

—Calla.

—¿Por qué?

—Porque te oyen los muertos.

—¿Qué muertos?

—Todos.

—Vamos, anda.

—Que sí, que están ahí abajo. Esta es la losa. Si abrimos el cerrojo y la levantamos, salen los fantasmas.

—No me lo creo.

—Toca el cerrojo y veamos qué pasa.

—No pasa nada.

—Tú toca.

Lello se acercó, yo me mantuve a distancia. Se arrodilló, tocó el cerrojo con cautela y en ese instante cayó el rayo más cegador jamás visto hasta entonces, al que siguió un trueno furibundo. Salí corriendo, con mi amigo, blanco del susto, pisándome los talones.

—¿Lo ves? —dije sin aliento.

—Sí.

—¿Me acompañarías ahí abajo?

—No.

—¿Qué clase de amigo eres?

—Hay un cerrojo.

—Lo rompemos.

—Los cerrojos no se rompen.

—Lo dices porque tienes un miedo que te cagas. Si no quieres ir conmigo, le diré a una amiga mía que me acompañe. Ella no le teme a nada.

Tras pronunciar esas palabras, pasó algo que me sorprendió.

—¿La Milanesa? —preguntó Lello sonriendo con malicia.

Fue así como descubrí que a la niña de mis sueños la llamaban de aquella manera enigmática —la Milanesa— y que había captado, además de la mía, la atención de otros muchos compañeros. Pero había más. Era de dominio público que los días de sol la miraba encandilado desde la ventana o pasaba mucho tiempo delante de su portal. ¿No?

Me encerré en mi mutismo de siempre, pero antes le solté: A tomar por culo, cabrón, no me toques los cojones, que era la fórmula más socorrida que tenía de expresar mi indignación cuando alguien no comprendía lo especial que yo era y el futuro prometedor que me aguardaba.

4

Solo mi abuela lo tenía claro, desde que nací. En cuanto salí de la barriga de su hija se convenció de que la vida había vuelto a adquirir sentido y —resulta increíble no solo decirlo sino también imaginarlo hoy en día— que ese sentido inesperado era, para ella, mi persona en su conjunto, incluidas las lágrimas, la baba, los pedos y la mierda que la obligaban a lavar sin descanso baberos, gasas y pañales.

Cuando nací, ella tenía cuarenta y cinco años, y cincuenta y tres o cincuenta y cuatro en la época de los que hechos que narro. Llevaba mucho tiempo sin esperar nada de la vida, ni siquiera un caramelo, pero de mí enseguida empezó a extraer toda clase de dulzuras. Todo lo mío la entusiasmaba, y no porque mejorara su existencia, que era la de un cero a la izquierda, sino porque bastaba con que yo pestañeara o dijera Ah para que ella viera en mi gesto o en mi interjección la prueba tangible de que yo era el mejor de los organismos vivos que, desde hacía milenios, poblaba la faz de la tierra. Recién nacido —recordaba a veces emocionada— yo era un pedacito de alabastro vivo, un sorbito de jarabe de cereza, un caramelito de vainilla y canela, que mear, meaba, pero agua bendita; como la vez que salpiqué a mi tío en la cara cuando él, para celebrar que en nueve meses su hermana había sacado de la nada aquel primor que llegaba al mundo dejando atrás quién sabe qué tinieblas, me besó la pilila. Y mira cómo me había vuelto ahora, no me estaba quieto ni para dejar que me peinara.

Todas las santas mañanas, mi abuela se esmeraba de manera exasperante en lavarme el cuello y las orejas, hacerme la raya perfecta y engominarme con jabón los mechones rebeldes para presumir, ante el colegio y el mundo, de lo guapo que era. Se ocupaba mucho más de mí que de mis hermanos, parecía que solo cocinara para mí, era claramente injusta cuando repartía las raciones y ponía en mi plato las mejores porciones de carne. Además, cuando yo rompía algo que a mi padre le importaba, se echaba la culpa. Los diálogos con su yerno, que traslucían una rabia contenida, eran de este estilo:

—He sido yo.

—Rompe usted muchas cosas, suegra.

—Soy una manazas.

—Tenga más cuidado, por favor.

—Sí, perdone.

No se llevaban bien, y cuanto menos se hablaran, mejor. Mi abuela tenía que ocuparse de la casa y mantenernos a raya a nosotros, los niños, pero como siempre acabábamos armando jaleo, mi padre se enfadaba y la reñía. Los reproches la ponían nerviosa, se ensombrecía, farfullaba malas palabras contra el yerno, la hija y los nietos, pero no contra mí. A mí me dejaba hacer lo que quisiera, incluso salir cuando me daba la gana. ¿Dónde vas, *franfellík*? Abajo. Abajo, ¿dónde? Al patio. Vuelve pronto. Sí, decía yo, y salía corriendo.

No sé cuánto tiempo pasé en el patio aquella primavera sopesando qué podía hacer para romper el cerrojo y levantar la losa bajo la cual, en mi opinión, se hallaba la fosa de los muertos. Era una losa fría sobre la que brotaban algunas florecitas lilas o en la que a veces aparecía alguna cucaracha. Por lo general, si uno cruzaba el patio sin prestar atención, solo se oía el ruido procedente de la plaza, pero si se detenía al lado de la piedra, aunque solo fuera cinco minutos, como hacía yo, de repente, de las profundidades llegaba un refunfuño y luego un silbido largo y suspiros que me aterrorizaban. Fuera lo que fuese, yo resistía. Me seducían tanto las posibilidades de aventura que se ofrecían a los audaces —y yo quería serlo porque a menudo me sentía un miedica y mi intención era corregirme— que en un momento dado, para cortar el cerrojo, llegué incluso a bajar de casa una sierra para metales que mi padre no nos permitía tocar por miedo a que nos troncháramos los dedos.

Pasé una tarde entera emperrado en conseguirlo, sin grandes resultados. Cortaba y cortaba, pero el cerrojo ni se rayó y lo único que logré fue que el roce del hierro contra el hierro pusiera nerviosos a los muertos, o a los ángeles, o a los diablillos, porque no cesó de embestirme un soplo helado, un silbido que me asustaba y entorpecía mi tarea.

Sin embargo, cometí el error de entretenerme demasiado. Mi padre volvió del trabajo, cruzó el patio sin reparar en mí y desapareció escaleras arriba. Al verme imposibilitado de poner la sierra en su sitio sin que se diera cuenta, decidí esconderla en el parterre. Fue la mejor solución, porque al día siguiente reanudé el trabajo con el cerrojo sin recurrir a subterfugios. Pero en un momento dado oí un golpe fortísimo allí abajo, en la fosa de los muertos —quizá un ángel había pillado a un muerto trabajador justo a un paso de la losa, es decir, de volver al mundo de los vivos—, y en parte por el susto y en parte por el cansancio y el desánimo, salí pitando hacia mi casa sin preocuparme de esconderla.

Pasó el tiempo y un día mi padre volvió del trabajo echando chispas y blandiendo la sierra. Se la había dado el portero, preguntándole: ¿Por casualidad es suya? Y sí, daba la casualidad de que lo era y estaba determinado a descubrir cuál de sus hijos la había cogido y la había dejado en el patio. Me asomaron lágrimas a los ojos —ah, las aborrecía, pero se me saltaban, sobre todo cuando mi padre se enfadaba— y estaba a punto de confesar entre sollozos cuando intervino mi abuela.

—He sido yo.

—¿Usted, suegra?

—Sí.

—¿Y para qué coño le hacía falta?

—Ni idea. Me hacía falta y punto.

—¿Y se la olvidó a la intemperie, para que se oxidara, a sabiendas de que si me cortaba con ella pillaría el tétanos?

—Sí.

—Que no vuelva a pasar.

Ella era así, en el momento oportuno se inmolaba por mí. Y no puedo decir que se lo agradeciera. Por aquel entonces creía que su pasión por mí era un suplicio que las abuelas solían infligir al primer nieto, y ni siquiera se me pasaba por la cabeza darle las gracias, es más, si hubiera podido gritarle: Ahora ya está bien, quédate en tu sitio y no te entrometas, sin ganarme una bofetada de mi madre —que tenía lotes interminables de blusas por coser y no quería broncas en casa—, lo habría hecho. Debo admitir que por aquel entonces ni siquiera me planteaba el problema de corresponder a su cariño, ahora arisco, ahora empalagoso —por ejemplo, dándole un beso: nunca le di un beso a mi abuela, nadie se los daba—, es más, no creía tenerle un afecto especial. Por no mencionar el hecho de que como abuela no me entusiasmaba; las de otros niños eran mucho mejores.

La prueba es que una tarde, en el balcón de la Milanesa, apareció una señora muy erguida vestida de azul, con el pelo aturquesado, la piel sonrosada y un collar de perlas de dos vueltas, que se entretuvo modosamente con la niña hasta que el sol empezó a palidecer. Como la pequeña la llamó a menudo —Abuela, abuela— para captar su atención, sobre todo al ejecutar las piruetas, yo pensé: Esta sí que es una abuela, y esperé que nunca viera a la mía, en mi opinión demasiado baja, regordeta y encorvada, feúcha de cara, con la piel enrojecida y venitas violáceas en las mejillas, el pelo gris recogido en la nuca con horquillas, pocos dientes, la nariz como un pimiento y un poco bizca, tanto cuando cocinaba de pie delante de los fogones o fregaba como cuando tejía encogida en una silla.

Pero sucedió que mientras miraba a la niña y a su abuela, la mía apareció por detrás y me preguntó: ¿Qué miras? Nada, respondí por instinto justo en el momento en que la Milanesa tiró de la falda de su abuela y me señaló con un dedo tan tieso

que tuve la impresión de que quería reducir la distancia que
nos separaba y metérmelo en un ojo.

—Nada, ¿eh? —dijo mi abuela.

—Nada.

—Dile hola, *mentrioso*.

—No.

—Dile hola, *scazzamaurié*, salúdala, diablillo.

—No.

—Pues lo haré yo.

Qué desastre, ¿iba a entrometerse una vez más en mis asuntos haciéndome quedar fatal? No quería que la vieran, no quería que la Milanesa descubriera que mi abuela era una miserable y la comparase con la suya, elegante y bienhablada. Levanté
inmediatamente la mano en señal de saludo para captar su
atención, pero mi abuela me apartó un poco y me imitó, murmurando incluso un buenos días para el cuello de su camisa, a
pesar de que anochecía. La niña y su abuela respondieron al
saludo con cortesía, y entonces me largué pitando, furibundo,
y me encerré en el retrete, el único sitio de la casa donde se podía estar en paz. No sé qué hizo mi abuela, quizá se quedó en la
ventana intercambiando saludos e incluso musitando palabras
que, en cualquier caso, no podían oírse a aquella distancia.

5

Durante un tiempo no se lo perdoné. Era una mujer tímida,
todo menos sociable. Si un extraño le dirigía la palabra, se

sonrojaba hasta la raíz del cabello. Entonces, ¿por qué lo había hecho? Ahora sé que lo hizo porque llevaba tiempo observándome con la frente contra los cristales o asomado a la ventana, expuesto al aire no siempre tibio de la primavera, agotado por las largas e infructuosas miradas que dirigía a la niña.

Había forzado su naturaleza por amor a mí. Amor, sí. Excluyo que en el largo transcurso de mi vida alguien me haya querido tanto como ella; un amor que perduró incluso cuando se empezó a sospechar que el maestro Benagosti se había equivocado acerca de mi futuro. En efecto, ya en primero de secundaria, empecé a brillar menos en clase —no entendía, divagaba—, y en la vida cotidiana también estaba en la luna, como si la diosa Selene me hubiera alcanzado con sus rayos y hubiera envejecido prematuramente. Pero mi abuela nunca cedió, y si me veía entristecido por mi propia insignificancia, sin ganas de hablar ni siquiera con ella, procuraba hacerme reír: *Chiocchiò, paparacchiò, i miérgoli so' chiòchiari e tu no*, como dando a entender que no había comparación entre los mirlos cantarines, que repetían el mismo canto en todo el ancho mundo, y yo, que cantaba de una forma tan fuera de lo común que nadie, excepto mi abuela, lo entendía.

Por suerte, existen personas como ella, que de vez en cuando creen ciegamente en alguien. Es un consuelo saber que, quizá equivocándose, hay al menos un ser humano que piensa de ti: Ah, qué importante es para mí esta persona, quiero cuidarla hasta que me muera. Yo, a lo largo de mi existencia, lo he hecho siempre que he podido, pero la primera vez fue con la Milanesa.

Sentía que ella era tan importante para mí como yo lo era para mi abuela. Y mi idealización era igual de gratuita. ¿Qué había obtenido mi abuela con aquel saludo? Nada. Cuando reparé en lo mucho que le había costado forzar su tímida naturaleza, no digo que la perdonara, pero me olvidé de su agravio y deseé querer a la niña con la misma rotundidad con que la madre de mi madre me quería a mí, o incluso más.

Por otra parte, en los días siguientes, trató de rectificar. Sabía que me había disgustado y trabajó a favor de mi felicidad con mayor discreción. Por ejemplo, mientras intentaba resolver un complicado problema de aritmética sentado a la mesa de la cocina, me tocaba el hombro con suavidad y susurraba: La señorita está jugando en el balcón, ¿quieres verla? Yo abandonaba de inmediato el problema y corría a mirar por la ventana mientras ella trajinaba en la cocina fingiendo que no me prestaba atención.

Algunas veces la Milanesa jugaba con muñecas, otras se exhibía como bailarina o saltaba a la comba en el espacio libre entre las cajas amarillas de madera sin tratar y los utensilios para la limpieza doméstica. Si levantaba la vista hacia mí, la saludaba con la mano. No siempre —todo hay que decirlo— respondía, quizá dependía de lo ensimismada que estuviera en el juego; solo contestaba al saludo si se aburría. Quién sabe —pensé un domingo por la mañana en el que me sentía especialmente desatendido— si mi abuela también fue tan errática con su novio. Así que me decidí a pedirle que me contara qué sintió cuando el amor se insinuó en su pecho y en todo su ser.

Me pareció que no quería decírmelo o que no lo sabía. Solo tenía una foto con su marido y la guardaba con tanto celo que incluso a mí me la había enseñado una única vez, y tan deprisa que ni siquiera me acordaba de ella: dos sombras sepias que podían ser cualquiera. Como respuesta a aquella pregunta tan íntima dejó caer, ruborizándose, que cuando se vieron por primera vez ambos habían tenido la impresión de que se les encendía una luz en el corazón; había sido como un triunfo de la iluminación con aceite o a gas, sus cuerpos se habían mirado con intensidad y deseo, resplandecientes de golpe, qué bonito había sido. Después de mucho insistir, añadió que él tenía los ojos brillantes —ahora, por desgracia, la única luz que brillaba era la del nicho, en el cementerio, que le costaba un ojo de la cara, porque en este mundo, *guaglió*, todo tiene un precio, incluso la luz que ilumina las tinieblas de los muertos—, ojos que a veces se volvían fríos, de hielo, sobre todo si alguien se atrevía a ofenderlo. Por poner un ejemplo, cuando ya estaban casados los domingos salían a dar una vuelta por el Rettifilo y si algún cabrón se atrevía a mirar a mi abuela, él se aprestaba a usar el bastón de paseo, en cuyo interior se ocultaba una hoja flamante. Aquel bastón con espada fue para mí una gran novedad. Le hice más preguntas y el meollo del diálogo fue más o menos el siguiente:

—¿Se batía en duelo?

—No, eso no.

—Pero ¿mató a alguien?

—No hubo necesidad.

—¿Estaba guapo cuando luchaba?

—Lo estaba siempre.

—¿Se me parecía?

—Sí, pero tú eres más guapo.

—¿Volverías a casarte con él aun sabiendo que luego se cae y se mata?

La última pregunta no le hizo gracia. Se entristeció y dejó de escucharme. Pero ¿qué podía hacer yo? En aquella época, la única persona que tenía a mano, dispuesta a dejarse interrogar sobre el Amor y la Muerte y a dar respuestas competentes, era ella. Y cuando encima salió a la luz el asunto de la espada, amar y morir me parecieron, con mayor motivo, un binomio inevitable; por las noches, antes de coger el sueño, siempre pensaba en aquel bastón que, aunque sirviera para pasear, de repente se convertía en la funda de un arma con la cual defender a la amada de los peligros celestes, terrestres y subterráneos, una tarea masculina que se me antojaba fundamental y de la que deseaba convertirme en devoto ejecutor.

En efecto, seguía preocupado por la Milanesa. Le dirigía saludos cada vez más efusivos por la ventana y, sobre todo cuando bailaba, gestos ostensibles de aprobación. Lo que más temía era que se sintiera abandonada y que para recibir más atención se subiera de nuevo a la balaustrada, lo cual yo no quería de ninguna manera que ocurriera, pero que —debo confesarlo— en el fondo esperaba. La eventualidad de su muerte se me hacía insoportable, pero me tentaba la perspectiva de profanar la fosa de los muertos para rescatarla. O, si fracasaba, de llorar el resto de mi vida —en verso y en prosa— su figurita de luz y aromas primaverales. Me conmovía pensar en mí mismo entregado a aquella tarea que me convertiría en un poeta sin igual.

6

Una vez, al volver de no sé qué recados agotadores, mi abuela me comunicó: La señorita está jugando a la rayuela aquí abajo. Ni siquiera se lo agradecí, eran atenciones que yo daba por descontadas y que ella tampoco habría sabido negarme. Pasé de los deberes y, sin ponerme nada encima, mientras mi madre me preguntaba adónde iba, cerré la puerta de casa a mi espalda.

Bajé los cinco tramos de escalera deslizándome a horcajadas por la noble madera oscura del pasamano. Lo hacía todos los días, con cierta habilidad, no por prisa sino por el placer de resbalar a toda pastilla, casi tumbado, sobre la barandilla. A fin de cuentas, era otra oportunidad para caerme por el hueco de la escalera y matarme, eventualidad que si en general me dejaba indiferente, ahora que me dirigía trepidante a contemplar de cerca a la niña —que, en mi opinión, sabría apreciar la audacia de estrellarme contra el suelo— me importaba un pimiento.

También sobreviví aquella vez. Luego crucé el patio rodeando la fosa de los muertos, irrumpí en la plaza corriendo y lancé ojeadas ansiosas. Pero solo vi a los violentos compañeros de siempre haciendo proezas en las barras de hierro de las taquillas, a Lello yendo a toda velocidad con la bicicleta nueva y a tres o cuatro niñas esperando en buen orden su turno para beber o lavarse las manos en la fuente; a ella no: de tanto querer verla, no la vi.

Paré a Lello de inmediato.

—¿Dónde está la Milanesa? —le grité como si lo amenazara.

—¿Estás ciego? —respondió.

Miré a mi alrededor —un tumultuoso panorama ofrecía un caos de muros, postes de luz, gritos infantiles, colores nítidos o difuminados al atardecer de un bonito día—, pero seguí sin verla. Creo que mi infancia y mi actual vejez tienen muchos puntos de contacto. A veces busco algo, yo qué sé, las gafas, por ejemplo, y a medida que no las encuentro me pongo cada vez más nervioso y levanto la voz —En esta casa todo desaparece—; entonces llega mi mujer, resignada con el destino que le ha caído en suerte, y dice: Y estas, ¿qué son?

—¡Tú sí que estás ciego, yo veo perfectamente! —grité agitado.

—¿Ah, sí?

Lello dejó la bicicleta en el suelo, me cogió del brazo de mala manera y tiró de mí con fuerza hasta conducirme ante una niña que jugaba a la rayuela con otras, justo al lado del portal. Opuse resistencia, clavé los pies en el suelo, pero por fin miré sin que me ofuscara la ansiedad por buscar y no encontrar. Qué mal lo pasé, no me fiaba ni de mí mismo, bastaba un error y lo echaba todo a perder.

—¿Es ella o no?

Tuve que admitir que aunque nunca la había visto tan de cerca era ella, la Milanesa.

—Es ella.

—¿Entonces?

—Me importa una mierda, no estaba buscándola.

—Mentiroso. Has llegado corriendo y gritando que dónde estaba.

—¿Yo? Me refería a la bicicleta, no a la Milanesa.

—Te referías a la Milanesa.

—No, a la bicicleta.

Y para probárselo cogí la bici, la levanté y le conté que tenía que hacer los deberes y disponía de poco tiempo, pero que me había tomado un descanso de diez minutos y había bajado corriendo para jugar al juego del valor.

—¿Estás seguro?

—Sí.

Lello no estaba totalmente convencido. Había oído con claridad que buscaba a la niña y quiso desmentirme de plano.

—Has venido por la Milanesa, es inútil que lo niegues. Yo le he hablado un par de veces y en cuanto pueda me declararé.

Se me heló el corazón y reaccioné sin ninguna prudencia:

—Tú no harás nada, cabrón, yo la vi antes y hace un mes que la saludo.

—Yo he dado un paso más: me hablo con ella.

—Pues debes dejar de hacerlo.

—¿O si no?

—O si no cojo el bastón de paseo de mi abuelo, que tiene una espada dentro, y te mato.

Me pareció un buen diálogo, de novela. Sin contar que la mención al bastón surtió un gran efecto en Lello. Enseguida se olvidó de la Milanesa y empezó a sacarme información acerca del bastón de paseo de mi abuelo: qué aspecto tenía, cómo era la empuñadura, cuánto medía la espada, si brillaba o flameaba, y, sobre todo, si podía mostrárselo, al menos de lejos. Ni se lo describí ni le prometí nada. Como es sabido, nunca había visto ni el bastón ni a mi abuelo. Solo le di a entender que había sido un gran espadachín y que yo seguía sus pasos.

—¿Jugamos? —pregunté yendo al grano.

—Vale.

—Voy yo primero en bicicleta.

—No, yo.

—He dicho que voy yo.

Se trataba de una prueba descabellada a la que nos sometíamos a menudo. Por turnos, uno hacía de ciclista y el otro de peatón. El ciclista tenía que pedalear a toda pastilla en dirección del que iba a pie, cuyo papel consistía en esperar la llegada del bólido sin moverse y esquivarlo lo más tarde posible con un movimiento elegante. Si, en cambio, el peatón se daba a la fuga, era un cobarde.

Yo tenía un plan, que había proyectado, naturalmente, de manera improvisada: la niña, picada por la curiosidad, asistiría a aquella proeza heroica en la que, todo hay que decirlo, yo brillaba tanto en el papel de peatón —me apartaba en el último momento y además Lello, que era bueno, frenaba antes de atropellarme— como en el de ciclista —me abalanzaba contra Lello a tanta velocidad que lo único que impedía que lo matara era que él no se fiaba de mí y prefería quedar como un cobarde que acabar en el hospital—.

En definitiva, mi plan era que la Milanesa notara que yo daba lo mejor de mí mismo y Lello lo peor, y que me eligiera para amarme eternamente. Empecé a jugar con ese objetivo.

Me subí a la bicicleta y di una vuelta para coger velocidad. Lello se puso a la espera adoptando una pose triunfal. Yo me concentré entonces en atropellarlo anunciándome a timbrazos y gritos salvajes dedicados a la niña de Milán, que —imaginé— ya dirigía la mirada hacia mí y pensaba con admiración: Lo reconozco, es el de la ventana, ah, por fin. Como de costumbre, la pose combativa de Lello no duró mucho y pronto se descompuso para esquivar, de manera poco elegante pero sensata, mi trayectoria de guerrero loco a caballo. Frené un poco más allá y le grité: Sucio bellaco, te arrepentirás, me las pagarás (recientemente había leído en algún sitio la expresión «purgar la pena», pero no me convencía), y otros insultos de mi repertorio. Pero constaté que la niña y sus amigas seguían jugando plácidamente, y, aunque me habían lanzado una mirada, se mostraban del todo indiferentes. El disgusto me confundió.

Le cedí la bicicleta a Lello, me coloqué con las piernas abiertas y los músculos en tensión y esperé a que mi amigo se abalanzara sobre mí. Lello dio una vuelta, cogió velocidad y se concentró en mí mientras yo le gritaba: No te saldrás con la tuya, cabrón, tendrás que pasar por encima de mi cadáver. Y a medida que la bicicleta se acercaba dando timbrazos, la niña —oh, maravilla— por fin me miró; quizá trataba de entender qué clase de juego era aquel o, quién sabe, temía por mi vida y ya estaba concibiendo la idea de ir al encuentro de la muerte en mi lugar; ah, era tan excitante que se preocupase por mi suerte como yo me preocupaba noche y día por la suya.

Fue tan excitante, en efecto, que no me aparté. Lello se me echó encima sorprendido por lo absurdo de mi impávido comportamiento, y por suerte frenó, pero no lo bastante rápido para evitar que la rueda delantera se subiera sobre mi pie izquierdo y el guardabarros y la llanta taqueada chocaran contra mi tobillo desprotegido.

7

Cada vez estaba más harto de ser un niño, pero todavía no lograba dejar de serlo. Sobre el tema de perder la vida seguía, en general, estancado en este punto: perecer con heroicidad en el curso de guerras, terremotos, maremotos, fiebre amarilla, incendios, derrumbes de minas con eventual fuga de grisú e imaginar que entretanto fallecían de muerte natural las personas que, por un motivo u otro, contaban con mi afecto me parecía un momento crucial de mi manera de organizar tanto el placer como la angustia de vivir, es más, exagerando un poco, hasta me hacía feliz; pero hacerme un rasguño, que me doliera y ver la sangre, pues bien, ese aún me parecía el lado intolerable de la existencia, con mayor motivo porque llevaba aparejado un humillante chispeo de lágrimas, y en aquel momento no me consolaba en absoluto la posibilidad de hacerlo pasar más tarde por una herida casi mortal. En eso mi vejez de ahora también tiene algún parecido con la infancia de entonces. La muerte, después de haberla temido en la plenitud de la vida, ya no me importa nada. Pero los cortes quirúrgicos, las intrusiones de la ciencia para hurgar, extirpar y cerrar, el doloroso despertar de la anestesia, el sufrimiento, la angustia, la expulsión de sangre y, ya maltrecho y mentalmente débil, imaginarme el instante de la muerte, eso sí que no, eso me asusta, y cabe incluso la posibilidad de que al cabo de setenta años aún me eche a llorar como cuando tenía unos nueve.

Cuando Lello me atropelló, se armó tal estropicio —primero estaba de pie, luego en el suelo, el cielo se venía abajo, el asfalto cedía bajo mis pies, ¿estaba desplomándome?— que no solo el llanto sino también el dolor acabaron en la sala de espera de algún compartimiento cerebral. Me impactó que Lello, después de soltar la bicicleta, gritara en el dialecto que no solíamos usar: Noesculpamía, hefrenado, tehashechodaño, dejaquetevea, ayvirgensantísima. Luego comprendí que yo estaba tumbado en el suelo cuan largo era, lo cual resultaba intolerable, y me incorporé rápidamente. Sentí dolor en un tobillo y me lo miré con aprensión. No era nada, solo un rasguño. Pasé los dedos por encima para inspeccionarlo y aquel gesto se reveló fatal: el toque lo enrojeció, lo desgarró y aparecieron estrías sanguinolentas. Me sentí perdido. Entretanto, a mi alrededor se había formado un corrillo de niños y esperé que entre ellos no estuviera la Milanesa. Con qué brusquedad cambian los deseos. En aquel momento deseaba gritar y llorar a voluntad sin tener que contenerme para hacerme el valiente. Con mayor motivo porque Lello constató: Te sale sangre, un movimiento de dentro afuera, una fuga de mi interior que me nubló la vista y me invitó a tumbarme de nuevo y a cerrar los ojos de manera definitiva.

Hice, en cambio, lo contrario. Me obligué a ponerme en pie, me froté los ojos como si no viera bien, y, cojeando aposta, me dirigí a la fuente con la cabeza gacha. No quería ver ni escuchar a nadie —por otra parte, muchos, decepcionados, ya volvían a sus juegos: No ha sido nada—; es más, estaba tan enfadado conmigo mismo y con el mundo por haberme hecho daño que me habría gustado tener el bastón de mi abuelo y blandir la espada flameante para vengarme de todos.

—¿Quieres apoyarte en mí? —preguntó Lello volviendo a hablar en italiano.

—No hace falta, cabrón, mira lo que me has hecho.

—Te acompaño.

—Mejor solo que mal acompañado.

Me alejé solo, en efecto, con los ojos clavados en el suelo y arrastrando la pierna herida hacia la fuente, donde me lavé con esmero maniático, conteniendo los gemidos. Entretanto, cuanto más comprobaba que la herida no goteaba sangre, es decir, que casi no me salía —y, sobre todo, que a pesar de que me escocía un poco no era para retorcerse de dolor—, más me veía presa de la anemia —bestia siempre al acecho en caso de no consumir de vez en cuando la odiosa carne de caballo, que daba energía—, o del tétanos, otra palabra misteriosa que podía ocultar cualquier cosa, del gusano a la serpiente, y que mi solícito padre temía más que a nada en el mundo apenas sus hijos se pelaban las rodillas o se cortaban.

Así que allí estaba, enjuagándome en la fuente, cuando una voz delicada —nunca la olvidaré— preguntó: ¿Puedo beber? El acento era marcadamente extranjero, ningún napolitano, y mucho menos Lello, hablaba italiano de aquella manera. Saqué el pie desnudo de inmediato. Demasiadas emociones: el valor, el reto, la sangre, el esfuerzo por ser un hombre y no llorar, y ahora precisamente ella, la Milanesa, preguntándome si podía beber. Respondí sombrío, áspero: Sí. Y di un paso atrás.

La fuente tenía un chorro potente, caía a plomo, una larga aguja blanca que brotaba borbotando, monótona y espumosa, y acababa en una pila llena de hojas, guijarros y papeles. La niña abrazó con delicadeza su cuerpo metálico e inclinó hacia delante el torso y la cabeza. Noté que no llevaba trenzas como Lizzie, la hermana de Kit, el protagonista del tebeo *El pequeño sheriff*, pero tampoco el pelo suelto como Flossie, su novia. Alguien se lo había cortado, quizá en vista de la llegada del calor. Era morena toda ella: el pelo, las cejas, la piel bronceada por el sol del balcón, las pupilas. Pero cuando abrió la boca, mostró unos dientes tan blancos, tan alineados, que se me quedaron grabados para siempre. El agua se le rompió en los labios y le goteó por la barbilla mientras me miraba intensamente, con malicia o quizá solo con curiosidad. Bebió tanto que me pareció señal de mucha sed, y en lo que a mí respectaba podía beberse toda el agua de la fuente, quedarse allí inmóvil para siempre, porque era precioso mirarla. Pero en un momento dado dejó de beber y el agua volvió a emitir su borboteo monocorde.

—¿Te has hecho daño? —preguntó.

—No.

—Te sale sangre.

—Poca.

—¿Me lo enseñas?

Asentí. Se puso las manos en las rodillas y se inclinó hacia delante.

—Hay sangre —constató, y puso el índice de la mano derecha en la herida.

Contuve un ay y luego afirmé, convencido de que era lo más apropiado:

—Me gusta cuando bailas como la bailarina de una caja de música.

—A mí también.

—A mí más. Pero no te caigas.

—No me caeré.

—Pero si te caes, yo te salvaré.

—Gracias.

Nos quedamos allí, solos, dentro de un racimo muy compacto de cosas y minutos mientras flotaba en el aire el rumor de fondo del agua, y conversábamos más o menos de la manera que he reconstruido. De repente, se abalanzó sobre nosotros una mujer gorda y rubia, la agarró del brazo con rabia y, en un napolitano idéntico al de mi casa, que no tenía nada que ver con el italiano de Milán de la niña, le dijo: ¿Quién te ha dado permiso, eh? Me estaba volviendo loca, te he buscado por todas partes. Pero ¿cómo es posible? Irte de casa sin avisar. Ya verás cuando vuelvan tus padres. Ya verás. Y me la raptó, dejándome feliz y desesperado.

8

Mi madre me desinfectó la herida; mi padre, preocupado por el tétanos, la examinó, y mi abuela no me prestó atención; aunque solo fuera un rasguño, sufría tanto que se entregó a las tareas domésticas con la cabeza gacha, moviendo los labios por momentos sin emitir ningún sonido, quizá rezando o quizá maldiciendo la mala suerte. Yo me hice un poco el remolón, porque el alcohol escocía, pero cuando no servía para desinfectar me gustaba mucho su olor, que me quitaba agradablemente las fuerzas, ya fuera por su cercanía con los fantasmas o por las cerezas en alcohol. Por lo que recuerdo, me olvidé enseguida de la herida: estaba anestesiado por el amor.

Empezó un periodo de ilusionada expectación. No veía la hora de volver a hablar con la Milanesa. Las miradas de ventana a balcón me parecían, a aquellas alturas, insuficientes. Ya al día siguiente de hablar con ella, esperé que apareciera en el balcón, pero no lo hizo. Después fui a la fuente a la misma hora con la esperanza de encontrarla allí bebiendo y volver a escuchar su manera melodiosa de pronunciar las palabras. En cambio me topé con Lello, que me examinó el tobillo.

—No te hiciste nada —dijo aliviado.

—Perdí al menos un litro de sangre.

—Pero te encuentras bien.

—Regular.

—¿Qué te dijo la Milanesa?

—No es asunto tuyo.

—Te equivocas, quiero casarme con ella.

Entonces nos peleamos mucho rato y finalmente decidimos retarnos en un duelo a muerte que tendría lugar en aquel rincón apartado del patio donde estaba la fosa de los muertos. Discutimos sobre las armas. Yo me inclinaba por las varillas del armazón de un paraguas que habíamos escondido en el sótano. Él se opuso, quería a toda costa que luchara con el bastón de mi abuelo. Objeté que si él combatía con un simple hierro de paraguas y yo con la espada flameante, llevaría ventaja y seguramente lo mataría. El hecho no lo turbó, tenía tal curiosidad por ver el bastón que estaba dispuesto a morir para satisfacerla. En fin, puso tantas pegas que tuvimos que aplazar el duelo, a pesar de que yo tenía prisa por matarlo.

Me dediqué a reflexionar sobre qué hacer. Pese a que todos los días ya eran soleados, la niña no volvió a la plaza y se dejó ver poco en el balcón. Cuando hacía una de sus infrecuentes apariciones, yo corría a encerrarme en el retrete, me asomaba al ventanuco, la miraba, la saludaba, y a veces descolgaba por el alféizar la pierna herida de gravedad para mostrársela. No puedo afirmar que ella respondiera con entusiasmo a mis intentos por reclamar su atención, pero se la veía curiosa y de vez en cuando me saludaba con la mano. De todos modos, no había otro medio de comunicarme con ella

—una conversación a gritos, por ejemplo—, primero porque me habrían oído en casa y fuera, y segundo porque en el balcón solían aparecer su madre, su padre —una distinguida pareja milanesa, aunque, en mi opinión, mi madre e incluso mi padre eran más guapos— y la bruja corpulenta que se la había llevado de la fuente y hablaba en napolitano vulgar y corriente.

Ardía en deseos de hablar con ella, no lograba olvidar la imagen del agua de la fuente dando brillo a los labios y los dientes de la niña de Milán. Por las noches, antes de coger el sueño, me veía trepando por la cañería hasta su balcón —aunque por allí no pasara ninguna—, o incluso volando, colgado de una cuerda extendida de la ventana del retrete a su balcón, de mi zona de sombra a la suya siempre soleada. Me moría de ganas por verla y creía, entre preocupado y complacido, que aquel desasosiego era una manifestación de mi excepcionalidad. Más tarde comprendí que no era más que el frenesí que se apodera de los hombres de todas las edades cuando ponen a las mujeres en el primer lugar de la lista de sus numerosos delirios.

En un momento dado, me pareció una buena solución enviar a la Milanesa un mensaje en que le decía: Te suplico que hables solo conmigo, con Lello no. Pensé en escribirlo en una hoja grande arrancada del bloc de dibujo de mi padre, pero al final desistí porque no me pareció prudente: el vecindario habría podido verlo. Tras mucho dudar, preferí ponerme en manos del fiable buzón de correos de la plaza, que ya usaba para enviar mis poemas a los vivos y a los muertos. Era sencillo, bastaba con esperar a que no pasara nadie, me encaramaba al murete de detrás del buzón, extendía los brazos y echaba dentro las hojas de cuaderno, no sin antes haberles dibujado un sello. Por lo general, no ponía destinatario: mis versos y mi prosa estaban tácitamente dirigidos al género humano. Pero en aquella ocasión, lo primero que hice fue escribir en lo alto de la hoja: Para la Milanesa. Luego dibujé un sello y lo pinté con ceras de colores; por último, con la espléndida caligrafía que el maestro Benagosti solía alabarme, escribí el mensaje que había concebido —Te suplico que hables solo conmigo, con Lello no—, al que añadí: Soy mucho más guapo y fuerte que él. Aturdido por el placer de mi propia composición fui a echar la carta al buzón. Acababa de hacerlo cuando Lello apareció por detrás.

—¿Qué has echado?

—¿A ti qué te importa?

—Dímelo.

—Una carta de mi padre para el pintor Mané. ¿Acaso lo conoces?

—No.

—¿Lo ves? No sabes nada y quieres casarte con la Milanesa.

—La gente se casa aunque no conozca el nombre de los pintores.

—No con la Milanesa.

—Ella decidirá con quién quiere casarse.

—No, lo decidirán las espadas. Te mataré y yo me casaré con ella.

—Vale. Pero solo si traes el bastón de tu abuelo.

Se había obsesionado con el bastón. Creo que fue entonces cuando se me ocurrió construir, con la ayuda de mi hermano, que era muy mañoso, un bastón que al tirar del mango desenvainara una de las agujas de tejer de mi abuela, que como espada era más verosímil que la varilla del paraguas. Aquí lo tienes —le diría a Lello. Y luego—: En guardia. Acto seguido tendría lugar un largo y peligroso intercambio de golpes entre espadachines que —esperaba— culminaría con la muerte de Lello, obviamente en un charco de sangre.

9

Siempre he necesitado, desde pequeño, que mis mentiras contengan una pizca de verdad. Aposté, pues, por volver a mirar la vieja foto de mis abuelos, de la que solo conservaba un pálido recuerdo. Si quería fabricar el bastón falso como era debido, al menos tenía que echarle un vistazo al original, por lo que esperaba que el arma apareciera en la instantánea. Me puse a acosar a mi abuela haciendo pasar por afecto de nieto hacia su esposo muerto mi urgencia por examinar el bastón-espada. Ella se congestionó más que de costumbre, titubeó y me dijo que esperara. Comprendí que necesitaba encontrar el momento adecuado, momento que —intuí— debía coincidir con exactitud no solo con la ausencia de mi padre, sino también con una hora del día en que se excluyera la posibilidad de que este pudiera volver en cualquier momento.

Ella no quería oír sus comentarios sarcásticos —a veces auténticos insultos— acerca de su pasado como mujer amada, novia y luego esposa. Díganos la verdad, suegra —le decía mi padre cuando estaba de buen humor—, hace tanto tiempo que ya no se acuerda ni de lo que pasó, si estaba despierta, si dormía y lo soñó, quién sabe, cuando llegó aquel chulillo y pum, pum, le hizo dos hijos; una guapa por gracia divina y otro feo y más bien lerdo, como debió de ser su marido, el albañil que en paz descanse, pero es lo que hay, cada uno da a sus hijos lo que tiene, y su hijo varón ha salido cabrón y tacaño, porque nunca me ha dado ni un céntimo para mantenerla, así que si vive aquí a mesa puesta es solo gracias a mi generosidad de gran artista, ¿o no? Pero ¿qué le pasa?, ¿ahora se echa a llorar?, por favor, suegra, no se lo tome a mal, es broma, ya sabe que la quiero.

Bromas de este estilo que a mi abuela no le hacían ninguna gracia y la encolerizaban muchísimo. Apretaba los labios, reprimía las lágrimas, se encerraba dentro de sí misma para huir de él y guardaba dentro de una caja de madera oscura que escondía bajo su cama, en el comedor, las pocas cosas que poseía y que él no debía ver bajo ningún concepto, pues sin haberlas visto siquiera metía baza sin ningún respeto.

Como yo también me escondía de mi padre, en parte la entendía. Para mí su caja secreta era como mis juegos y mis fantasías, que interrumpía y me borraba de los ojos cuando él aparecía en casa como un ángel de plumas negras de visita a la fosa de los muertos. Por eso, aunque insistiera continuamente en que me enseñara la foto, solo lo hacía cuando mi padre no estaba y si tenía la seguridad de que iba a estar fuera al menos unas horas. Me puse tan pesado que al final cedió. Se arrodilló, sacó la caja de la oscuridad profunda de debajo de la cama, hurgó dentro, encontró la foto, volvió a meter la caja en las tinieblas, se levantó y lanzó un gemido.

Este es —quiero subrayarlo— un momento importante de mi infancia, pero no posee un espacio determinado, un tiempo atmosférico, una luz o el calor y la respiración de mi abuela. En mi memoria, aquel momento está únicamente ocupado por la foto, un rectángulo de cartón color sepia con numerosas grietas blancas. No existe nada más, ni siquiera me veo a mí mismo. Así que supongo que lo primero que hice fue dirigir la mirada a mi abuelo, el albañil que murió al estrellarse contra el suelo, que en la imagen era aún un joven de pie, el busto un poco ladeado, un codo apoyado en el respaldo de una silla, el pelo, negro y brillante, peinado hacia atrás, la frente, ni ancha ni estrecha, coronando unas cejas muy pobladas, tenebrosas, los ojos benévolos, la camisa blanca bajo el traje oscuro, la corbata de rayas, corta, sujeta por un pasador de algún metal precioso, el pañuelo en el bolsillo, y por último, ahí estaba, por fin, el prodigioso bastón.

Lo tenía de verdad, una vara de madera negra con un pomo que quizá fuese de plata. Pero no se apoyaba en él, como habría sido natural. El bastón, que sujetaba con las dos manos, era una línea fina que le cruzaba el torso en diagonal. Pensé: Lo aguanta así porque si alguien como mi padre le dice una mala palabra, él sujeta el bastón con la izquierda y con la derecha agarra el pomo y desenvaina la espada. En efecto, ya me imaginaba a mi abuelo volviendo de la muerte para traspasar a su yerno porque se recochineaba de la mujer que había sido su esposa. Era su obligación. Todo el mundo, cada existencia, se retorcía dentro de una guerra cruel. Nosotros, los hombres, estábamos obligados a vivir, de una manera u otra, siempre alerta, siempre a la espera de atacar o de ser atacados; sufrir afrentas para luego vengarnos o infligirlas impunemente y encima vencer a los probables vengadores; ah, ese era nuestro destino, y no nos aplacaba ni siquiera la muerte, todo lo contrario. Con qué gesto elegante y furibundo el joven cadáver de mi abuelo saltaba de la fotografía vivito y coleando, desenvainaba la espada trazando un medio arco en el aire de color sepia y me apuntaba con ella, desafiándome en broma a un duelo.

—¿Era guapo? —preguntó mi abuela en voz queda y casi rota.

—Sí.

—¿Y yo?

Solo entonces noté que ella estaba a su lado. La busqué en la foto con desgana. Y la vi, sentada en la butaca —o quizá, quién sabe, era el trono de una princesa— en la que el joven armado con el bastón apoyaba el brazo. Fue ella la que me sorprendió tremendamente. Cuántas joyas llevaba, y pensar que ahora ya no tenía nada: pendientes con una piedra preciosa en los lóbulos, un broche de brillantes que parecía una pequeña estrella fugaz, una cruz que colgaba de una cadenita de oro, un largo collar de resplandecientes piezas de oro acabado en un reloj que descansaba en su regazo, una pulsera y al menos tres anillos, dos en una mano y uno en la otra. El vestido largo, que le cubría las piernas cruzadas y le rozaba los botines, era holgado a partir de las caderas, pero ceñido de cintura para arriba —botones, pliegues, fruncidos y volantes—, de un color indefinido que el sepia difuso de la foto y las grietas blancas impedían discernir. Del vestido salía un cuello largo y rígido, de cuya cima —increíble— brotaba una voluminosa corola de cabello muy oscuro cuyas ondas estaban sujetas por peinetas y horquillas invisibles. Por último, el rostro; ¡ah!, qué rasgos delicados, qué ojos, qué mejillas, qué labios. Miraba al frente, hacia mí. Pensé: No es posible, y sentí una especie de convulsión en la cabeza.

—Yo —insistió la abuela con aprensión—. ¿Cómo soy?

—Guapísima —respondí.

Era cierto, era guapísima, pero por primera vez en mi vida tuve la impresión de que, en determinadas circunstancias, las palabras podían convertirse en un juguete con un mecanismo interior que podía romperse de repente. ¿Qué quería saber?, ¿qué le había respondido yo? Quería saber cómo era ahora —me había preguntado: ¿Cómo soy?—, pero ¿a qué ahora se refería?, ¿al de fuera de la foto o al de dentro? En definitiva, ¿a qué tiempo aludía con aquel cómo soy?, ¿a quién?, ¿a la abuela que me mostraba la foto o a la mujer sentada al lado del muerto con bastón? Me sentí desbordado por la fantasía. Pensé que si aquella maravillosa señora era realmente mi abuela, debía haber muerto de pena cuando falleció su marido el albañil, y que la feísima abuela que tenía a mi lado debía ser un ejemplo raro de abuela viva que había fallecido muchos años antes, o que por generosidad había ido a rescatar a su marido de la fosa de los muertos, había vuelto la vista atrás para mirarlo, lo había perdido y había regresado entre los vivos tocada por la mala experiencia. Qué lástima, porque si se hubiera quedado como era en la foto, la abuela de la Milanesa no habría podido estar a su altura, y yo habría podido llamarla continuamente a la ventana para mostrársela con orgullo a la niña, a la que le diría en cuanto se presentara la ocasión —quizá junto a la fuente, después de que hubiera bebido—: Eres más guapa que mi abuela, quien, como has podido comprobar, es mucho más guapa que la tuya.

10

Gracias a mi hermano, que a pesar de contar dos años menos que yo era mucho más espabilado y mañoso, salieron de la nada dos bastones de cartón pintados de negro dentro de los cuales encajaban a la perfección sendas agujas de tejer de mi abuela sujetas a una empuñadura de madera de un blanco grisáceo que al sol relucía como la plata. Hicimos una prueba a fin de comprobar si servían para un duelo y descubrimos que funcionaban estupendamente. Le pedí a mi hermano que completara el trabajo despuntando el estilete de Lello y afilando el mío con la lima, lo cual hizo a la perfección.

Siguieron agotadoras negociaciones con mi compañero de juegos, que se mostraba receloso.

—¿Llevarás el bastón?

—Llevaré dos.

—No te creo.

—Nos veremos mañana.

—Mañana no puedo.

—Pasado mañana.

—No lo sé.

—¿Te cagas de miedo?

—Tú te cagas de miedo.

—Estás blanco, tienes miedo de morir.

—Me la suda morir.

—Ya veremos.

—Total, aunque me muera me casaré con la Milanesa.

—Una vez muerto, no podrás casarte.

—Ya veremos.

—No hay nada que ver. No se puede y punto.

Me ponía de los nervios que Lello insistiera en cumplir su plan de casarse con la Milanesa y no tuviera la intención de renunciar a él ni siquiera si se moría.

—No sabes jugar —le dije. Solo entonces logré ponerlo en un aprieto.

—Sí que sé.

—Cruz y raya, no juego más contigo.

Hice ademán de irme y me siguió.

—Vale, mañana a las cuatro de la tarde.

—Vamos, anda, yo no juego con uno que no sabe jugar.

—Juego mejor que tú.

—Pues las cosas claras y el chocolate espeso: si te mato, con la Milanesa me caso yo.

—De acuerdo, lleva los bastones.

Como decía, debíamos encontrarnos en la fosa de los muertos, pero un instante antes de que me escabullera de casa para acudir a la cita en compañía de mi hermano, que se emperró en llevar personalmente las prodigiosas armas que había creado, surgió un contratiempo. Eché un vistazo desde la ventana y vi a la niña en el balcón haciendo algo que llevaba tiempo sin hacer: bailaba. Titubeé. ¿Y ahora? ¿No me presentaba a la cita aunque me tildaran, con razón, de cobarde y me quedaba prendido de sus ojos para que supiera que todos mis pensamientos gravitaban en torno a ella, o me batía en duelo, tal y como sentía la urgencia de hacer, y la abandonaba a su suerte, figurita desatendida, infeliz quizá hasta el punto de encaramarse a la balaustrada y danzar peligrosamente al borde del abismo?

Por un largo instante, ardí de amor y de violencia. El baile de la niña y cada pirueta suya me retenían y a la vez me imponían correr a la fosa de los muertos a probar, en el duelo a muerte con Lello —el rival que pretendía manchar la pureza de la Milanesa—, las armas puestas a punto por mi hermano. Hoy en día mis nietos matan y perecen en juegos virtuales muy reñidos. Nosotros jugábamos a matar y a que nos mataran en ambientes domésticos muy concretos, por la calle, en el patio, confundiendo peligrosamente realidad y ficción, a tal punto que habría bastado equivocarse de puerta o de callejón para toparse con un arma real. Miraba a la niña al sol; sus movimientos no solo eran agraciados, sino también dulces tanto que deseé tener un brazo larguísimo para rozarla con la yema de los dedos y llevármelos a la boca como si hubiera tocado una nube de azúcar. Tomé una decisión que me pareció certera: ¿por qué teníamos que batirnos en duelo al lado de la losa? ¿Por qué no matar a Lello, tras una larga lucha, en la calle, debajo del balcón de la Milanesa?

Mi hermano y yo acudimos a la cita a toda prisa. Lello ya estaba allí, junto a la losa, impaciente.

—¿Dónde está el bastón?

—Hemos traído dos para que sea una lucha en igualdad de condiciones.

Mi hermano le enseñó los bastones. Lello los examinó y protestó desilusionado. No era lo que se esperaba. Mi hermano se ofendió y le dijo: Míralos con atención, cabrón, son mucho mejores que cualquier otro bastón de esta clase. Luego le mostró cómo se extraían las espadas, la factura de la empuñadura, la verosimilitud de las hojas. Él se quedó con la boca abierta y tuvo que admitir que nunca había visto nada parecido.

—Tengo prisa, si no quieres luchar, me busco a otro —intervine de inmediato.

—De acuerdo, empecemos.

—Aquí no.

—¿Dónde?

—Debajo del balcón de la Milanesa.

—¿Quieres morir allí?

—Sí.

—Vamos.

Salimos a la plaza a todo correr, doblamos a la derecha y de nuevo a la derecha. Qué tarde espléndida. Llegamos jadeantes: Lello gritando para llamar la atención de la niña; yo, unos metros más atrás, gritando más fuerte que él y mi hermano, que cargaba con las armas para evitar que las estropeáramos, detrás, en silencio. Yo estaba ansioso por ver si se asomaba o no, esperaba que sí, y quizá también Lello. Mi hermano repartió los bastones y Lello desenfundó su espada y se puso en guardia adoptando la pose de un gran espadachín; yo extraje la mía, sobre todo para asegurarme de que era la afilada, y me alegré al comprobar que sí; siempre podía confiar en mi hermano. Pero todavía me alegré más cuando me di cuenta de que sobre la balaustrada del balcón del segundo piso aparecían primero la cara, luego los hombros y finalmente el torso de la niña. Por supuesto, ella tampoco se tomaba a broma el peligro, a pesar de ser una chica. Quién sabe dónde se había encaramado, y ahora se descolgaba hacia fuera para ver mejor lo que yo hacía; ni siquiera quise considerar la posibilidad de que le interesara lo que hacía Lello. Era espléndida, un reflejo de luz le brillaba sobre la cabeza como una lengua de fuego. Ataqué a mi amigo sin esperar a que intercambiáramos el saludo de los duelistas, formalidad en la cual los dos éramos hábiles. Lo hice para evitar que Lello se diera cuenta de que estaba la niña y la mirase. De esta forma tan desleal empezó el duelo.

Fue un largo enfrentamiento, o así quedó grabado en mi memoria, la sede de nuestras primeras narraciones, las que llamamos recuerdos o remembranzas, las más emocionantes y engañosas. En realidad, no lo sé. Duró lo suficiente para que Lello y yo nos creyéramos Robin Hood, mosqueteros del rey o paladines de Francia luchando por tener la exclusiva sobre reinas, princesas y seres humanos de género femenino en general que, casi como tesoros ocultos, nadie debía robarnos so pena de muerte. Creo que le grité todo el rato consignas de esgrimista, aprendidas gracias a la lectura de un tomo desencuadernado que me había regalado el marido carabinero de una hermana de mi abuela. Redoble —gritaba comentando uno de mis golpes—, estocada, incuartata, toque, fondo. Palabras que no tenían correspondencia alguna en la realidad. Nunca me he retado a duelo, ni siquiera he practicado algo de esgrima, nada de nada en toda mi vida, solo palabrería. En un momento dado, vi que la niña se disponía a actuar, que se encaramaba a la barandilla y se ponía de pie. Sin duda se había hartado de mirarnos y quería llamar nuestra atención. Yo asestaba golpes y la vigilaba, pero ahora callado, pensando: Cuando se caiga, corro y la recojo entre mis brazos. Pero justo cuando ella amagaba los primeros pasos de danza, me di cuenta de que yo estaba golpeando al aire, porque la espada de Lello ya no estaba allí. Había bajado la guardia —la punta tocaba la acera— y miraba embobado a la Milanesa, el costado ofrecido tan estúpidamente a mi hoja que pensé furibundo: Está aún más enamorado que yo. Fue un instante. La mujer gorda irrumpió en el balcón, agarró a la niña y empezó gritar sin parar: Me vas a matar a disgustos, me vas a matar..., y la arrastró dentro de casa mientras seguía berreando. Mi abuela vociferó desde la ventana: ¿Quién os ha dado permiso para bajar? Subid ahora mismo. Yo, celoso, le clavé a Lello la aguja de tejer en el brazo.

11

Justo en aquel periodo había transformado la sangre —sobre todo la de los demás— en una ficción, así que no me asusté ni lloré. Lello, en cambio, chilló y prorrumpió en lágrimas asustando a mi hermano, que recogió los bastones y volvió a casa. Me quedé un rato más para examinar la herida de mi enemigo, que trataba de librarse de mí gritando en napolitano: Mira lo que me has hecho, cabrón. ¿Y tú a mí?, replicaba yo, y le recordaba cuando me había rascado el tobillo con la bicicleta y no le había reprochado nada, ni tan solo había rechistado, y me había enjuagado la herida en la fuente con dignidad. Ven —dije—, no llores, te lavo yo, Lello. Si lloras, no eres un hombre. Y él, para demostrarme que sí lo era, que no era un gallina, se esforzó por no llorar y vino conmigo a la fuente, donde puso el brazo bajo el chorro de agua. Pero cuando se miró la herida, se echó a llorar otra vez y yo también me impresioné. Lo dejé allí plantado y volví a casa.

Después de aquello, pasé por muchos apuros. Tuve que vérmelas con mi madre, con mi padre, con la madre de Lello, con el padre de Lello y con su hermano mayor, que se pasó dos días tirándome piedras, me dio un puñetazo y algunas patadas. Solo mi abuela se puso de mi lado y trató incluso de insinuar que la culpa era de mi hermano, que le había robado las agujas y me había conducido por mal camino, porque yo solo no habría sido capaz de algo así. Con todo, se afligió cuando le dije que el abuelo también se batía en duelo y que yo no había hecho nada malo, que era normal. Nunca participó en duelo alguno, murmuró, y estuvo callada por un tiempo que no recuerdo.

Sea como fuere, muy pronto me olvidé de todo. Lello también, y volvimos a ser entrañables rivales. Fue él quien me dijo que la Milanesa se había marchado a hacer una cosa que se llamaba «veraneo», pero que volvería a finales de verano y entonces podríamos retarnos de nuevo por ella.

También me mostró las hojas que yo había echado en el buzón de correos, bien apiladas sobre un murete y con una piedra encima para que no salieran volando. El cartero, que las había leído, no solo había apuntado «muy bien» con algunos signos de exclamación esparcidos por el texto, sino que había corregido los errores de ortografía.

—No sabes escribir en italiano —dijo Lello satisfecho.

—Escribo mejor que tú.

—No, tienes faltas de ortografía. Yo no.

—Pocas.

—Yo ninguna.

—*Mintroso*.

—¿Cómo que *mintroso*? Se dice m-e-n-t-i-r-o-s-o.

—¿Quién lo dice?

—El diccionario. Escribes poemas, pero no sabes escribir.

Me marché llevándome las hojas, algo deprimido; primero, porque nunca había visto un diccionario, en mi casa no había ninguno; segundo, porque ya no podía contar con la magia del buzón de correos, que se había revelado, como sucedería con muchas otras cosas de la vida, una simple caja de hierro de un rojo subido; tercero, porque era evidente que mi mensaje para la Milanesa nunca había llegado a su destino. Así que decidí que, cuando la niña volviera del veraneo, le daría en persona, superando todos los obstáculos que nos separaban, los poemas que había escrito para ella. Entretanto, me entregué a realizar una serie de actividades que tenían como objetivo que el verano pasase rápido: jugar a la guerra con Lello y leer los tebeos —él tenía muchos— que me prestaba, entrenarme practicando las volteretas en las barras de hierro, recoger muchas clases de hojas, estudiarlas para llegar a la conclusión de que, si bien vivas eran preciosas y tersas, luego perdían el color y la forma y por último se secaban hasta parecer papel sucio que se hacía añicos cuando lo tocabas.

Pero, sobre todo, me dediqué a estudiar a mi abuela. Ahora que gracias a la fotografía sabía cómo había sido de joven, me parecía evidente que al chico del bastón con espada le había bastado verla una vez para enamorarse de ella, como yo cuando vi a la Milanesa. No dudo —pensaba— que si la abuela de la foto saliera fuera del cartón marrón y apareciese en la cocina, podría quererla, y, convencido de que diría que sí, hasta casarme con ella para que me retrataran, armado, a su lado. Pero ¿qué relación guardaba mi abuela de ahora con aquella? Ninguna. Le había hecho jurar una o dos veces que era la chica de la foto, pero aunque me lo había jurado, para mí no tenían nada en común; al mismo tiempo, descartaba que ella mintiera, al menos a mí. Lo cierto es que en su transformación suscitaba muchos interrogantes. De mi madre también había muchas fotografías, pero se la veía normalita, mientras que ahora era guapísima. ¿Qué debía pensar? ¿Sufriría más adelante las horribles transformaciones de mi abuela? ¿Y la Milanesa? Qué quebradero de cabeza —pensé en un momento dado, mientras estudiaba mis hojas—, seguramente la solución tiene que ver con la muerte. Mi abuela, que había sido guapísima, había acabado trabajando en la fosa de los muertos por amor a su joven marido fallecido, a las órdenes de los ángeles de las plumas negras. Y había dejado en casa —especulé con esa hipótesis— a una abuela fea para que se secara y se desintegrara como las hojas que yo arrancaba de árboles y arbustos. Por eso, a veces, mientras fantaseaba con ser el gran poeta Orfeo que salvaba a Eurídice y merodeaba por aquel rincón secreto del patio donde estaba la fosa de los muertos, pensaba que si aquella era realmente la losa y lograba romper el cerrojo, quizá podría rescatar de los infiernos a los jóvenes abuelos de la fotografía, y entregar a cambio a la abuela de casa, que, siendo una gran trabajadora, se adecuaba más a lo de partirse la espalda en las tinieblas.

Aquel verano traté en repetidas ocasiones de involucrar infructuosamente a Lello en el juego. Quería que desempeñara el papel de amigo de confianza que moría y por quien yo combatía contra los ángeles negros para sacarlo de la fosa y devolverlo a la vida antes de que los gusanos lo devoraran. Pero él, después de la grave herida del brazo, había dado un estirón y cada vez le interesaban menos aquellas fantasías; como consecuencia, yo tampoco me las creía ya del todo, y cuando me abandonaba a ellas, aunque solo fuera para mis adentros, no era capaz de entregarme como antes porque en parte me aburría y en parte me avergonzaba. Entre julio y agosto, lo arrastré un par de veces a la fosa de los muertos. La primera vez jugamos bien, pero la segunda, ya fuera porque me puse muy latoso con la historia de los ángeles negros, o porque quería convencerlo de que los ruidos que llegaban de allí abajo eran los gritos de mi abuelo, que me pedía que lo ayudara a salir, Lello dijo: Eres tonto de remate. Y se largó.

A finales de verano me sentía solo, y mientras recorría con la mirada el balcón aún vacío de la Milanesa pensaba que probablemente Lello tenía razón: era tonto de remate. Y quizá, muy a su pesar, también lo pensaba mi abuela, que desde hacía unos días había dejado de animarme; cuando me veía en la ventana se ensombrecía más que de costumbre e intercambiaba miradas de preocupación con mi madre que, preocupada a su vez, me decía: Te he comprado los tebeos de *Tex* y *El pequeño sheriff*, ve a leer. Me ponía a leerlos, pero en cuanto aparecían Lizzie con sus trenzas y Flossie sin ellas, volvía a la ventana.

A principios de septiembre me encontré a Lello.

—¿Cuándo acaba el dichoso veraneo?

—¿Qué veraneo?

—El de la Milanesa.

—¿Todavía sigues pensando en la Milanesa?

—¿Tú no?

—No puedo creérmelo, ¿no te has enterado de nada?

—¿De qué?

—En el mar había unas olas altísimas y la Milanesa se ahogó.

Tuve una reacción desproporcionada. Sentí que perdía las piernas, que desaparecían y me quedaba con el cuerpo y la cabeza. Fue una experiencia nueva. Se me nubló la vista y el estómago hizo un movimiento violento, como cuando veía en el plato un poco de perejil y se me antojaba una mosca muerta. Me desplomé, primero sobre Lello y luego en el suelo. Mi amigo me levantó sin asustarse porque tenía una hermana mayor que se desmayaba a menudo.

—Los hombres no se desmayan —dijo—. Eres una mujer.

12

No recuerdo si se habló mucho de la muerte de la Milanesa, solo tengo en mente las palabras de Lello, pero sobre aquel asunto nada, ni antes ni después. A veces la oía gritar breves frases armoniosas con su hermosa cadencia y me precipitaba a la ventana, pero allí, en el segundo piso, no aparecía nadie.

Empezó a llover, me acuerdo muy bien de la lluvia porque siempre me ha gustado. Llovió sobre el suelo del balcón ennegrecido por el polvo, el viento se llevó los pétalos blancos, rojos y rosas. El agua goteaba de los alfeizares y corría por las aceras arrastrando hojas y papeluchos hacia los imbornales. Me quedaba encantado observando sobre todo las gotas que se formaban en el alambre donde mi abuela tendía la colada. Las miraba fijamente, qué bonitas eran, y esperaba a que se desprendieran despacio, agarradas hasta el último instante con una mano líquida.

Me olvidé completamente del plan de ir a rescatar a la niña a la fosa de los muertos. No fue dejadez ni indiferencia, sino mala salud. Después de la noticia que me había dado Lello y el desmayo, tuve una serie de fiebres que mi abuela diagnosticó como de crecimiento. Recuerdo pesadillas en las que mataba ángeles de plumas negras blandiendo con maestría la espada de mi abuelo. A menudo, durante el delirio, miraba estático a la Milanesa al lado de la fuente, pero de repente el agua que bebía se convertía en un mar en tempestad de oleaje amarillo bajo un cielo de arena. Me agitaba sobre todo cuando descubría que la niña se había vuelto tenue como ciertas nubes. El solo hecho de verla de aquella manera me reducía hasta la transparencia y eso me daba mucho miedo.

Las fiebres de crecimiento no me dejaron en paz durante muchos meses: me curaba, volvía a al colegio y enfermaba de nuevo. Siempre estaba nervioso, con la cabeza entre las nubes. De vez en cuando echaba un vistazo al balcón y descubría que algo había desaparecido: las cajas de fruta, los utensilios para barrer y fregar, un mueble amarillo. En un momento dado, me pareció que aquel espacio, antes repleto de gestos amables y pasos de danza, se había vuelto, aun sin losa, más oscuro e impresionante que la fosa de los muertos. Fue así como la lápida de piedra del patio dejó de causarme poco a poco la vieja emoción. La última vez que había pasado por allí para explorar, algo golpeó el interior de la losa. El choque fue tan violento que hizo vibrar el cerrojo y las armellas, pero ni siquiera se me ocurrió escapar. Esperé a ver si pasaba algo más, y como no ocurrió nada volví a casa.

Después, hubo un periodo muy largo, larguísimo, durante el cual un día me acordaba de la caja debajo de la cama de mi abuela, otro del bastón y del atuendo de mi abuelo —la corbata corta, la camisa, el pañuelo en el bolsillo— y al siguiente, sin relación aparente, me obsesionaba con el vestido blanco de la Milanesa reluciendo bajo el sol, o con la cadenita que le había visto en el cuello mientras bebía.

En cierta ocasión, le pedí a mi abuela que me enseñara todo lo que conservaba de su marido. Como las fiebres me estaban haciendo crecer mucho y ella se preocupaba —decía que iba a ser tan largo que tocaría el techo—, no se hizo de rogar y me lo mostró enseguida. Descubrí que la caja no contenía nada memorable, solo viejas fotos de sus hermanas, algún documento irrelevante para mí y el pasador de corbata, que ni siquiera era de oro, que aparecía en aquella única foto parduzca con su marido. Le pedí cuentas de las cosas del abuelo: ¿dónde habían ido a parar los pantalones, la chaqueta, la camisa, los zapatos, los calcetines, los utensilios de albañilería y el bastón? Se mostró confusa, sintiéndose acusada de algo que no le resultaba claro ni a ella ni a mí. Se afligió, no respondió y yo me enfadé, porque había descuidado totalmente las cosas que habían pertenecido a su marido y que de alguna manera habrían podido retenerlo antes de que acabara bajo las nubes, la lluvia y el viento de la fosa. ¿Las tiraste —pregunté cada vez más hostil—, las regalaste o las vendiste? Ahora sé que le hice mucho daño, pero entonces su dolor no me importaba en absoluto y durante mucho tiempo sentí una ira que no se atenuaba. Pensaba en el balcón de la niña, en sus muñecas, sus zapatitos, sus sandalias, sus vestidos, sus camisetas y sus cintas para sujetar las trenzas, cosas que debían haberse quedado vacías, o sin contacto ni olor, y que finalmente habrían regalado.

Decidí que nunca más me comprarían nada, a pesar de que crecía tanto que todo me estaba estrecho. Los hombros de la chaqueta me tiraban cada vez más y las mangas me quedaban cada vez más cortas, pero me daba igual, todo debía ajarse hasta hacerse jirones. Oh, sí. ¿Qué sentido tenía lavarse, arreglarse, ponerse de punta en blanco si un día uno salía de casa para ir a trabajar y se estrellaba contra el suelo o se iba de veraneo y se ahogaba? Quería consagrar mi vida al deterioro, y cada vez me molestaba más la predilección de mi abuela por mí en detrimento de mis hermanos. En voz alta, para que la oyeran mis padres pero sin dirigirse a ellos, decía: Este *guaglió* no puede ir así a la escuela, y pretendía que me compraran zapatos o me llevaran al barbero, porque tenía el pelo muy tupido y larguísimo. Mis padres fingían no oírla, el dinero escaseaba. Yo disfrutaba viendo cómo se consumía todo lo que me pertenecía. Quería desgastarme y que también mi cuerpo se hiciera pedazos.

13

También empañé a propósito, creo, mi fama de buen estudiante. En secundaria empecé a complacerme en sacar malas notas. Casi disfrutaba contradiciendo la clarividencia del maestro Benagosti, cuyos vaticinios se revelaban muy poco exactos. No se sabía cuánto tiempo debía pasar para que la profecía se cumpliera, las grandes hazañas que me esperaban eran cada vez más vagas. Sin siquiera darme cuenta, había pasado de las proezas caballerescas y la exploración del Polo Norte y del Polo Sur a la posibilidad de hacerme misionero para dedicarme a los más desamparados. Estaba harto, no podía conservarme en salmuera a la espera de acontecimientos que —me temía— nunca llegarían a producirse.

Entretanto, el balcón había vuelto a llenarse de nuevos inquilinos, un grupo de chicos que no me despertaba ningún interés. Por suerte, al poco cambiamos de casa y, por tanto, también cambió la vista de las ventanas. La mirada adquirió nuevas costumbres, me enamoré a menudo. Pero seguí siendo descuidado en todo —los estudios, los amigos— y vagando por la ciudad en los días de fiesta. El amor me encendía, pero enseguida se me pasaba. A menudo solo me servía para escribir poemas y cuentos.

Por motivos misteriosos, en efecto, me parecía que mis escritos eran lo único que podía dejar, a mi muerte, sin tener sensación de desperdicio. Con los poemitas y los cuentos expresaba sobre todo la necesidad de perecer antes de que los fracasos y las desilusiones me depauperaran. El resultado solía ser desconsolador, y por eso, en mi opinión, bueno. Guardaba los papeles en una caja de metal que, imitando a mi abuela, escondía debajo de la cama. Tenía miedo de que mi padre los leyera, que descubriera mis carencias reales como poeta y narrador —los errores de ortografía, gramaticales y sintácticos— y me humillara.

Así pasaron los años, y aunque escribir en estas páginas «así pasaron los años» pueda parecer un atajo, fue exactamente lo que ocurrió: los años volaron atrapados en un solo bloque compacto dentro del cual hice y pensé siempre las mismas cosas, o al menos eso me pareció. Solo hubo un par de acontecimientos relevantes. A los dieciséis años discutí con el profesor de lengua porque, en una redacción, me hizo un tachón azul sobre el verbo «apuntalar». Podía entender que censurara mi italiano en los exámenes orales, pero aun siendo yo consciente de mis lagunas, me parecía insoportable que le sacara punta a un pequeño error y obviara la armonía del conjunto. Ya que de la ortografía, al menos en aquel caso, estaba seguro, fui a protestar.

—¿Por qué lo ha tachado?

—¿No lo entiende?

—No.

—Léalo en voz alta.

La redacción era una interpretación libre del primer círculo del Infierno de la *Divina Comedia*.

—«La luz plomiza iluminaba el pradejón apuntalado de flores, donde los espíritus cultivados mantenían elevadas conversaciones» —leí.

Los listos de la clase ya sonreían con perfidia.

—¿«Apuntalado de flores»? —preguntó el profesor.

—Sí.

—¿Sabe lo que significa «apuntalar»?

—Llenar de puntos.

Carcajadas explícitas de los primeros de la clase.

—Esa es una de las acepciones de «puntear», querido amigo. Para «apuntalar» no se necesitan puntos, sino puntales.

Me senté fatal. Decir tonterías en clase de química me dejaba indiferente, pero cuando escribía lo hacía para ganarme algún cumplido. Sin contar con que en aquel caso se trataba de una redacción sobre Dante, autor que a aquellas alturas —en caso de que no lograra culminar grandes hazañas y me viera obligado a conformarme con la literatura— había elegido como modelo. Después de papelones como aquel siempre me prometía a mí mismo que mejoraría mi vocabulario y concebiría ocurrencias literarias originales.

Tuve una al cabo de un año, mientras leía el Purgatorio. La idea tenía como punto fuerte a mi abuela, a pesar de que nuestra relación había cambiado un poco. Es verdad que seguía favoreciéndome a la hora de repartir los alimentos, que se preocupaba sin cesar por mi salud y urdía estrategias que me aseguraban comodidades incluso superiores a las que disfrutaba mi padre, pero fue como si a partir de los doce o trece años me hubiera convertido milagrosamente en alguien más viejo que ella, hasta el punto de sentirse cohibida conmigo. Daba por sentado que todo lo que ella decía me parecía una estupidez, por eso ya no me hacía partícipe de sus sentimientos y de sus fantasías; había añadido al cariño desmesurado un complejo de inferioridad victimista, como si disfrutara sintiéndose un cero a la izquierda en mi presencia y por eso me concediera con mucho gusto el derecho a ordenarle cualquier cosa, incluso que asesinara a mi padre si este me hacía sufrir. Una tarde me acerqué a ella —cada vez estaba más encogida, mientras que yo crecía a ojos vistas—, que se hallaba absorta al lado de la ventana.

—¿Me quieres? —le pregunté medio en serio medio en broma.

Era una pregunta que ella solía hacerme a menudo, pero que yo nunca le había hecho.

—Sí —me respondió, preocupada por la novedad.

—¿De verdad?

—De verdad.

—Entonces júrame que cuando te mueras, si ves que realmente existe algo, volverás a contármelo con todo lujo de detalles.

Se ensombreció, creo que consideraba que la orden era demasiado difícil de ejecutar.

—¿Y si no me dejan salir? —dijo.

Discutimos y al final me lo prometió. Pero no fue fácil arrancarle la promesa; para ella, los santos, la Virgen, Jesús y Dios eran entidades reales, se dirigía a ellos con devoción y, llegado el caso, no quería agriar las relaciones. Yo, en cambio, ya propendía a la incredulidad, y tras el tono de burla de mi petición se ocultaba el plan de arrojar luz sobre lo terrenal y lo ultraterrenal. Si mi abuela, después de morir, volvía del más allá con una rica descripción del infierno y el purgatorio, actuaría en consecuencia, quizá tomando los hábitos. En caso contrario, si ella —que con tal de contentarme, tira y afloja, había accedido incluso a desobedecer a Dios— no me enviaba ni siquiera una señal, deduciría que no había nada después de la muerte y que todo estaba obtusamente abocado a desaparecer, incluida la Milanesa, en la que ya no pensaba casi nunca. Naturalmente, tanto si mi abuela volvía con abundante material ultraterreno de primera mano como si callaba para siempre, confirmándome la Nada, contaba con escribir una historia inolvidable en la cual, llegado el caso, introduciría bajo una luz desvaída y fantasmal a la niña de Milán.

14

Una vez conseguida, entre risitas y reticencias, la promesa, dejé a un lado los problemas religiosos y mortuorios. Me dediqué entonces a estudiar un poco, a aventurarme en experimentaciones literarias de otros sectores de lo humano y a peregrinajes nocturnos que no tenían para nada en cuenta que mi pobre abuela no pegara ojo si yo no estaba en mi cama. Luego me saqué el bachillerato y emboqué el camino de la universidad, lugar misterioso que ninguno de mis antepasados había pisado nunca ni por casualidad. Perdí tiempo, porque al principio no sabía en qué facultad matricularme. En un primer momento me incliné por Ingeniería para contentar a mi padre, que quería que fuera ingeniero de ferrocarriles, pero luego pensé en Matemáticas, porque acababa de conocer a una chica con la que me había ennoviado que hacía esa carrera, y no quería parecer menos inteligente que ella. Al final, me decanté por Filología clásica, facultad que me pareció la más apropiada para convertirme en poco tiempo en el más grande escritor del planeta.

Con ese objetivo, leí día y noche, en ediciones medio desencuadernadas que compraba en los tenderetes, a muchos autores de la Antigüedad, numerosas novelas, novelones y noveluchas escritas entre los siglos XVIII y XIX y a no pocos gigantes de las letras patrias, de Guido Cavalcanti a Giacomo Leopardi. Me habría gustado dedicarme también a obras más recientes, pero como no tenía dinero para comprar literatura contemporánea recién salida de la imprenta no superé casi nunca el siglo XIX. Con todo, me las arreglé bastante bien. Cuando iba al colegio, estudiar siempre me había aburrido un poco —fechas, notas a pie de página, deberes, evaluaciones—, pero en aquella época leer por leer e interrumpir la lectura solo si sentía la urgencia de escribir cantos, cánticas, canciones y relatos me pareció un buen proyecto de vida. Con palabras encendidas y, si se terciaba, un toque de humor, me entrenaba para inspirar en mis eventuales lectores pensamientos de rebelión contra los poderosos y buenos sentimientos a favor de los desafortunados, animándolos a dedicar sus vidas al bien de Italia y del mundo.

Pero no duró. La universidad, aún más que la escuela, se reveló enemiga de aquella combinación de lectura y escritura y, muy a mi pesar, tuve que volver a someterme a exámenes, memorizar vidas y obras y repetir en voz alta, y en buen italiano, varios manuales de historia y geografía. Empecé a extenuarme por los pasillos y las aulas tratando de entender qué tenía que hacer en medio de una multitud de estudiantes que deambulaban como yo y que seguramente albergaban mi misma ambición desproporcionada. No sabía nada de jerarquías de profesores, planes de estudios, coste de libros y apuntes, horarios, firmas de asistencia y batallas para obtener información en secretaría o de los bedeles. Así que avancé a tientas y al principio planeé asistir a asignaturas que gracias al instituto me eran familiares, como Latín, Italiano y Griego. Pero las clases estaban abarrotadas, no se entendía mucho, los libros eran voluminosos y caros, de manera que me conformé con disciplinas —Papirología, Glotología—

que ofrecían la ventaja de poder estudiarse en textos cortos y baratos.

Había también otro motivo que me orientaba en esa dirección: «papirología» y «glotología» eran palabras que nunca había oído pronunciar, no solo en casa, sino tampoco en el colegio, y hacerlas mías me pareció una manera de que amigos, familiares y mi flamante novia se percataran de mi refinamiento cultural.

—¿A qué examen te presentarás?

—Al de Papirología.

—Ah.

—Sí.

—¿Y luego?

—Glotología.

—Ah.

—Sí.

En definitiva, traté de dar la imagen de alguien que sabe planear su vida con miras al futuro. Pero, de hecho, no estaba planeando nada de nada; tenía la cabeza llena de pájaros y si un día me parecía que iba por buen camino, al siguiente ya no estaba seguro. Quizá no estaba hecho para el estudio; quizá no sabía estudiar, aprender, escribir cosas apasionantes; quizá nunca me cubriría de gloria e iría mal vestido y desaliñado el resto de mi vida, oprimido como un estudiante de la Rusia zarista por el esfuerzo de ahorrar dinero para comprarme libros, dando clases a jovencitos un poco más ignorantes que yo. En definitiva, vivía agobiado y me sentía como si me sujetara con las uñas en lo alto de una pared de cristal, siempre a punto de caer en un cieno oscuro, produciendo un chirrido insoportable.

No obstante, me guardaba mucho de darlo a entender, ni siquiera a mi novia. Con todo el mundo, y en especial con ella, usaba siempre un tono divertido que había empezado a perfeccionar alrededor de los quince años y del que ya no podía prescindir; algunos me consideraban incluso una buena compañía, por no hablar de ella. Sin embargo, no había día que no deseara esconderme en un callejón solitario y, sin motivo aparente, desesperarme como no lo había hecho ni cuando era niño, dar puñetazos y patadas en el aire y echarme a llorar, aunque fuera un momento. Había encontrado el callejón adecuado —al lado de la estación de trenes—, pero aunque a veces iba hasta allí con esa intención, no podía desahogarme, no lo lograba.

15

La única persona con quien me mostraba nervioso e insufrible y que a pesar de mi ingratitud siguió apoyándome día tras día mientras vivió —con su pura y simple presencia en los espacios que le habían asignado: la cocina, el fregadero, los fogones, la mesa del comedor y la ventana—, sin dudar jamás mínimamente de mi halagüeño destino, fue, por supuesto, mi abuela. El hecho de que cursara estudios universitarios la cohibió aún más y al mismo tiempo aumentó sus manifestaciones de idolatría. Cuando me llevaba el café por las mañanas, se quedaba de pie al lado de la cama sin decir nada, esperando a que le devolviera la taza. Si hablaba, era solo para elogiarme y celebrar el milagro de cada una de mis palabras y acciones. La única vez que llevé a casa, unos pocos minutos, a mi novia, nadie —ni mis padres ni mis hermanos— comentó nada, como si mi vida sentimental fuera un chubasco primaveral común y corriente. Solo ella, que era como un mueble más y a la que no se la presenté, susurró en dialecto: Hacéis muy buena pareja.

Pero hubo una ocasión, a la vuelta de una de sus escasas salidas de las paredes domésticas, en que fue un poco más locuaz, como cuando era pequeño. Solía ir a hacer la compra o al cementerio, a ocuparse del nicho de su marido, y en ambas ocasiones se ponía un vestido oscuro —la única prenda de calle que tenía— y, sobre todo, ropa íntima primorosamente remendada para que no la pillaran desaliñada si se moría fuera de casa. Casi nunca le ocurría nada digno de mención y siempre volvía cansada y de mal humor, pero en aquella ocasión reapareció contenta y enérgica; me llevó a un rincón apartado y me contó que había estado en el cementerio y le había comprado a mi abuelo una pieza de madera con dos pequeñas bombillitas que se sumarían a la lámpara votiva que ya había frente al nicho, para que él también pudiera celebrar la santa Pascua con un poco más de luz. Y se había dado la casualidad de que el joven encargado de las luces había exclamado al verla: Qué alegría, señora. ¿Se acuerda de mí? Era, nada más y nada menos, que mi compañero de juegos, Lello. Besos y abrazos. Lello le hizo incluso un descuento, y al despedirse le apuntó su número de teléfono en un trozo de papel y le encomendó que me dijera que lo llamara.

Mi abuela me dio diligentemente el papel, pero fue entonces cuando descubrí que mi amigo nunca le había caído bien. No lo llames, me aconsejó. Según ella, Lello, de pequeño, se hacía el bueno, hablaba en italiano y todo el bloque lo consideraba un niño modelo. Pero comparado conmigo era feísimo y además, malo; él tenía bicicleta y me hacía sufrir porque yo no tenía.

No recordaba haber sufrido nunca por la bicicleta de Lello y se lo dije. Pero era evidente que ella sí había sufrido en mi lugar sin que me diera cuenta, y sobre todo no había podido soportar que aquel niño me hiciera sombra. Tu amigo —dijo— se creía mejor que tú, pero Dios es justo, el tiempo ha pasado, y ¿en quién se ha convertido? Lello era un don nadie y ese hecho probado la ponía de buen humor: mi compañero de juegos trabajaba de electricista en el cementerio, mientras que yo iba a la universidad. No lo llames, es un cabrón, insistió.

Le hice caso, pero no por soberbia ni para secundar su afán de revancha —aunque en el fondo yo tampoco podía evitar sentir cierta satisfacción—, sino porque, justo cuando pronunció el nombre de Lello, reapareció, después de casi diez años, la niña de Milán. Fue una aparición brevísima: la vi en el balcón y en la fuente. Hacía tiempo que ya no me acordaba de ella con tanto detalle, su vida mortal se había borrado de mi mente, y en cambio ahora volvía de la muerte por sorpresa. Ah, lo sé, sé que hoy en día «vida mortal» es una expresión anticuada, y con razón. Evoca la calavera con las tibias cruzadas del frasco de veneno, sugiere que el veneno es la vida misma, y, sobre todo, para usarla con convicción hay que creer en su contrario: la vida inmortal. Pero ¿quién cree realmente en la inmortalidad en los tiempos que corren? Es una posibilidad que se ha difuminado, por eso la combinación de «vida» y «mortal» se ha desvanecido y a casi todo el mundo —incluido yo— el adjetivo se le antoja siniestro o simplemente pleonástico. En aquella época, en cambio —¿era 1962?—, evocar a la niña durante su vida mortal me pareció normal, y la Milanesa —casi un estremecimiento repentino tras un soplo de aire caliente— volvió de inmediato a la vida.

La guardé así en la memoria por una hora, un día, dos, pero no se estabilizó. Ocurrió —para entendernos— que miraba a las chicas por la calle, las que rondaban los dieciocho, y pensaba: Si estuviera viva, ¿sería como ellas? Pero era un instante, porque los cuerpos, materiales y vivos, alejaban el suyo de inmediato, una mecha demasiado corta. Recuerdo que algo parecido sucedió una noche cuando estaba a punto de coger el sueño. La vi, prescindiendo de los modelos de mujeres jóvenes, reales o inventadas. Estaba sentada en mi cama, un garabato de niña adulta, y me hablaba en un idioma que no entendía, quizá en un inglés bien pronunciado, no en el angloitalonapolitano que me esforzaba en hablar para mis adentros. La escuché con mucha atención, no entendí nada y la perdí en el sueño.

En definitiva, la niña volvió como vuelven las señales de tráfico, las triangulares, que mientras uno conduce relajado sacuden el cerebro para advertir de la curva peligrosa, el tránsito de animales en libertad o un paso a nivel sin barreras y a las que dedicas un instante de atención para enseguida borrarlas de tu mente y no volver a pensar en ellas. Mentiría, por tanto, si dijera que tiré el número de Lello para devolver a la Milanesa a la muerte. El motivo, creo, fue más general. Debí de pensar que, aunque lo hubiera llamado, no habría sabido qué decirle, aparte de comentar anécdotas de cuando éramos niños. A los diecinueve años todavía no tenía ningunas ganas de evocar la infancia, me avergonzaba solo con pensar en ella, como, por otra parte, de la adolescencia. Estaba convencido de haber sido, en aquellas fases de mi vida, simple y ridículo, así que había poco que recordar y por lo que enternecerse. En el fondo, habría preferido venir al mundo alrededor de los diecisiete y ahorrarme las tonterías de los primeros dieciséis.

16

En cualquier caso, aquellos dos últimos años también me parecían inciertos, una vida siempre a punto de empeorar, y necesitaba recibir un poco de apoyo para sentirme seguro. Y para eso, bien mirado, hasta mi abuela podía servirme. Esa manera suya de estar pendiente de mis labios y de mi humor era como el aceite de hígado de bacalao: tenía mal sabor pero fortalecía. Cuando salía de casa, me hacía tres tímidas preguntas.

La primera era:

—¿Adónde vas?

—A la universidad —respondía yo con fastidio.

La segunda:

—¿Volverás a la hora de comer?

—No, volveré por la tarde o por la noche, no lo sé —respondía aún más malhumorado.

La tercera, la más respetuosa de todas, que pronunciaba en un susurro, era:

—¿Qué vas a estudiar?

—Papirología —respondía yo dejándola aturdida.

Acto seguido, abría la puerta, bajaba las escaleras brincando, bordeaba la abarrotada piazza Garibaldi y caminaba con paso seguro por el Rettifilo hasta el aula de Papirología de la universidad.

Aquellas clases estaban muy poco concurridas; aun así, el profesor nunca nos dirigió la palabra. Lo recuerdo siempre de espaldas, ocupado en transmitir su ciencia solo a la gran pizarra rectangular que tenía delante, en la que escribía negro sobre blanco información acerca de los papiros de Herculano sin dejar de hablarle.

Se trataba sin duda de clases muy competentes, pero yo era como era y me distraía a menudo. Una mañana, mientras el profesor explicaba la dificultad de desenrollar aquellos restos, me puse a pensar en los peligros del Vesubio, en las erupciones en general, en palabras como «mofeta» y «depósitos piroclásticos», en el color pastel del familiar volcán sombreado de pámpanos, que, de repente, en medio de alguna danza de sátiros ebrios de vino local, arrancaba a escupir infierno y muerte, tanto que se ahogaban, ardían y se disolvían ciudades enteras con sus pretenciosas políticas, criaturas vivas de todas las especies y últimas frases murmuradas o gritadas, mientras que por casualidad, por pura casualidad, solo se salvaban las palabras escritas en los papiros carbonizados y protegidos por la roca volcánica —solo las palabras sin sonido de un epicúreo fallecido hacía tiempo, el buen Filodemo de Gadara, con sus signos mortuorios escritos sobre otra muerte, la de las verdes plantas palustres rizomáticas con las que se hacía el papel egipcio—, solo ellas perduraban, aun quemándose, aun carbonizándose, y durante siglos esperaban pacientemente ser leídas, convertirse incluso en voz, hoy, mañana y siempre.

Fue en uno de esos momentos de distracción cuando la Milanesa volvió a la carga y trató de conquistar una posición más estable en mi vida. No sé cómo pasó. Quizá fue la imagen de un Vesubio exterminador, o la idea de que en nuestro planeta las muertes de los individuos y los exterminios en masa se suceden continuamente y son tan intolerables que hasta los dioses lamentan habérselos permitido, o sencillamente tenía la cabeza llena de figuras literarias y buscaba la ocasión propicia para usarlas. El hecho es que la niña de Milán irrumpió esa vez con una fuerza que no tenía cuando el nombre de Lello la había evocado. Y como mi novia me esperaba en el pasillo, no me contuve y le conté aquella historia de desdicha y dolor.

Yo mismo me maravillé de lo mucho que recordaba: los bailes sobre la balaustrada, la lluvia, los pétalos blancos, el duelo y el delirio. Y, en el italiano apasionado que hablábamos entre nosotros, concluí con grandilocuencia la narración de la siguiente manera: A estas alturas, de aquella niña se ha perdido casi todo, pero hoy, mientras el profesor daba clase, he sentido que la Milanesa y su voz han permanecido en mi mente como un papiro carbonizado que una máquina (una especie de autómata dieciochesco) desenrollaba delicadamente para restituirme la historia de mi tumultuoso primer amor.

Mi novia de ciencias, que se llamaba Nina y tenía una mirada expresiva y benévola, me escuchó sin interrumpirme, pero sin duda algo sorprendida. Hasta entonces solo había conocido mi versión de joven divertido, y creo que se había enamorado de mí por mi ironía, por mi capacidad de convertirlo todo en una opereta. Pero después de aquella perorata debió de intuir que era un poco inestable, casi otra persona que, mezclando el Vesubio, Pompeya, Herculano y una niña milanesa, era capaz de montar su pequeño apocalipsis personal.

—Qué mala experiencia —dijo espabilándose, casi conmovida.

—Sí.

—¿Cuántos años tenías?

—Nueve.

—¿Y ella?

—Ocho.

—Pobre amor mío.

—Sí, pero ha pasado mucho tiempo.

—Te ha dejado huella.

—No muy profunda, era un niño, pero un poco sí.

La conversación fue más o menos de este tenor. Éramos afectuosos, amables. Tratábamos de convertirnos, día tras día, en una joven pareja de neocultos que sabían conjugar el eros, la papirología y la glotología con una pizca —pero solo una pizca— de álgebra. Nina era de origen modesto como yo, nadie de su familia había llegado más allá de primaria. Por consiguiente, y con algún exceso por mi parte, los dos tratábamos de inventarnos de arriba abajo nuestra propia manera, reflexiva y atenta, de estar juntos y desearnos. Éramos muy polifacéticos. Hablábamos de libros, películas y teatro, y de vez en cuando nos aventurábamos en temas como la lucha de clases, el imperio americano, el racismo, la descolonización y la destrucción del género humano a causa de la inminente guerra atómica. Pero eran comentarios superficiales de los cuales yo sabía aún menos que de papirología y glotología, y puede que también Nina. Así que nos sentíamos más a gusto conversando sobre sentimientos y relaciones de pareja. La cuestión que más exploramos, justo en el periodo en el que le hablé de la niña, era la fidelidad. Ella se inclinaba por la fidelidad absoluta.

—No soporto la infidelidad —dijo una vez revelando un aspecto más tajante de su carácter.

—A mí no me importa la fidelidad, yo soy partidario de la honestidad.

—¿Qué quieres decir?

—Que si me gustara otra, te lo diría.

—¿Antes o después de serme infiel?

—Antes, si no ¿qué honestidad sería esa?

—No estoy de acuerdo.

—¿Preferirías que te lo dijera después?

—No. Debo gustarte solo yo y para siempre, si no, será mejor que lo dejemos.

Pero aquellas conversaciones también alcanzaban un límite más allá del cual no sabíamos ir, y entonces lo dejábamos correr y volvíamos, por ejemplo, a la Milanesa. En efecto, ya fuera por interés real o por complacerme, Nina me preguntaba de vez en cuando por mi trauma. Me alegraba. Poco a poco me di cuenta de que cuanto más hablábamos de ella, más volvía la niña a la vida.

—¿Siempre jugaba sola? —me preguntó mi novia en una ocasión.

—Sí.

—¿Y bailaba?

—Sí.

—¿En el antepecho de la balaustrada?

—Sí.

—¿Lo hacía bien?

—Sí.

El diálogo había llegado más o menos a ese punto cuando de repente se complicó. Para justificar el peso que le daba a la historia, dije exagerando que consideraba a la Milanesa el modelo de novia al que había ceñido a todas las demás, una especie de paradigma sin el cual quizá no me habría dado cuenta de que me había enamorado de ella. Nina me escuchó con mucha atención.

—Has dicho algo que me da un poco de miedo —murmuró.

—¿Qué?

—Que me relacionas con la niña muerta.

—Para que entiendas lo mucho que te quiero.

—Sí, pero me da aprensión. La niña ¿murió en un incendio?

—No, se ahogó.

—Entonces, ¿qué relación tiene con Herculano y los papiros?

—La condición humana, la destrucción, la memoria.

—No me gusta que me relaciones con un recuerdo tan triste.

—La literatura está llena de casos así.

—La infelicidad de las parejas también.

El último comentario me pareció una señal de alarma y me prometí que en el futuro evitaría tocar el tema en la medida de lo posible. No quería dañar mi fama de joven amable que sabía sobrellevar el peso de la existencia. Así que hice algunas tonterías, como chocar los tacones en el aire —a ella le gustaba— y le permití acompañarme a Glotología.

17

A aquellas alturas de la relación, habíamos adquirido algunas costumbres. Yo iba a buscarla a Matemáticas, ella me esperaba a la salida de Papirología y a menudo me acompañaba hasta el cortile del Salvatore. Por aquel entonces, me parecía que la quería por encima de cualquier asignatura y casi siempre llegaba tarde a clase para pasar más tiempo con ella.

Glotología no era un curso muy frecuentado, pero tampoco desierto: si llegaba con retraso solo encontraba asiento en la última fila. En teoría, seguir las clases desde la primera o la última fila no debería haber marcado la diferencia, pero el profesor —que rondaba los cincuenta y que por lo tanto estaba en la plenitud de sus fuerzas— hablaba con un tono tan débil que parecía impartir la clase solo para los de la primera. Emitía un indistinto pero suasorio susurro, rico de saber etimológico y glotológico, dirigido a los más fieles, que los tardones no lográbamos pescar. En efecto, al cabo de diez minutos renunciábamos a aguzar el oído y durante las clases hacíamos nuevas amistades, nos intercambiábamos direcciones y números de teléfono u organizábamos guateques.

Logré oír algo las pocas veces que conseguí sentarme en la segunda o la tercera fila; en aquellas ocasiones pude enterarme de que al profesor le interesaban de manera especial los topónimos de los Abruzos y de Molise, especialmente los que estaban compuestos por dos sustantivos o un sustantivo y un adjetivo, como por ejemplo Monteleone y Campobasso. También me enteré de que la lengua es móvil y la voz suena y consuena de muchas más maneras de las que las veintiuna letras del abecedario italiano logran captar, por lo que se imponía la apremiante necesidad de inventar otras nuevas, por ejemplo una especie de «zeta», una «ese» mayúscula más fina y una «e» boca abajo.

Aún más que en Papirología, me bastaron esas pocas referencias para, como suele decirse, irme por la tangente. Lo atestiguan los cuadernos de aquel primer año de universidad, atiborrados de apuntes exaltados. Los Abruzos y Molise —donde nunca había estado— se convirtieron para mí en un detallado paisaje de lajas, rocas rugosas o de contorno dentado, repleto en primavera de grandes espesuras de follaje y flores, o estriado de ramas secas en invierno, negras o amarillentas, y siempre atravesado por cintas de agua azul grisáceo que caían en cascada y al tocar el suelo fluían entre los montes, por el fondo de los valles, o se perdían en la quietud de una marisma o en grutas oscuras donde se mezclaban con otras en ebullición; todo ello amenizado por cantos variopintos de pájaros y por el vocerío de grupos de humanos asentados en manada por el territorio, en los lugares más expuestos al sol para calentarse, en el monte o en el valle o en un claro al lado de las cavernas o del torrente, del río, del foso, del canal, del alerce para obtener mimbre, del melocotonero, del azud y las brozas, plural metatético: *borzas*; hasta que aquellos humanos, cuando se encontraban, empezaron a decir: Yo vivo en el valle, yo en la montaña, yo en el torrente, y así, de boca en boca, de generación en generación, acabaron viviendo, ellos y sus descendientes, en lugares que hoy en día se llaman Vallocchia della Grottolicchia, Solagna della Foia o Stroppara di Fosso Vrecciato, como nosotros acabamos recorriendo Nápoles, Nea Polis, la ciudad nueva, a paso ligero por el Rettifilo, un hilo tenso, o vagando aburridos por Mezzocannone, la mitad —divagaba para mis adentros— de un arma de guerra que dispara medias bolas de cañón.

Sin embargo, he de decir que me interesé sobre todo por las lenguas en general, por los sonidos causados por el viento tempestuoso de la cavidad bucal, por las ondas sonoras que se rompen en esquirlas infinitesimales contra los dientes, por cómo gran parte de las flores de la voz brotan en el aire y se marchitan sin escritura, mientras que otras encuentran su lugar, inestable y pasajero, en el abecedario. Una grafía anula la precedente porque el amanuense es de Romaña o, que sé yo, de Calabria o de Nápoles y pronuncia de una manera diferente a un autor de Toscana o de Liguria, y entonces, por poner un ejemplo, *etterno* se convierte en *eterno*, *sanza* en *senza* y *schera* gana una «i» y se vuelve *schiera*; en definitiva, viejas formas que parecían imperecederas costumbres de la pluma, grafías de gente culta que había escrito *etterno* con un pálpito en la sangre y el cerebro aguzado, a la luz de la vela, y luego desaparece una «t», esa «t» de la que se siente que ya no hay necesidad, y hete aquí que si hoy te pillan escribiendo *etterno* todo eso importa un bledo, y se considera una falta de ortografía.

También capté algo sobre la clasificación de los fonemas: descubrí que «aeiou» era solo una cantilena de la escuela primaria y que las vocales eran más densas; había las fundamentales —«i», «a», «u»—, las intermedias —«e», «o»— y las gradaciones entre «i» y «a», y entre «a» y «u», que en teoría eran infinitas. Cuando escribo «i» —anoté—, ¿a qué vibración específica de la «i» me refiero?, ¿a qué posición de la lengua en la boca? Y esos signos (la «i», la «a», la «u»), ¿no son demasiado pobres?, ¿no dejan fuera de la escritura, debido a su insuficiencia, metales fónicos imperceptibles, hilos de colores de la voz? Mientras el profesor hablaba, vi muchas láminas de sonido argénteo —sigo copiando de mis apuntes de entonces— cinceladas por la motilidad de la lengua en la boca, articulaciones o explosiones de aliento más variopintas que las del soneto de las vocales de Rimbaud. Y pensé que podía capturar todo aquel metal, todo aquel color que siempre se quedaba fuera, gracias al alfabeto enriquecido con la grafía fonética. Esos signos fueron un descubrimiento para mí. El profesor escribió algunos en la pizarra: ð ɯ ɵ ŋ ʕ ʯ ɸ ş ç ɹ j. Ah, qué prometedores eran. No veía la hora de dominarlos y entender a qué usos literarios doblegarlos, e inventar, si era necesario, otros nuevos.

Era una época en que me exaltaba con facilidad, sudaba copiosamente y la sangre me fluía con ímpetu. Cuando me encontré con Nina después de una de aquellas clases, le escribí en un papel: ę ẹ ɵ ʉ ɛ ɑ ɔ ʉ. Me miró con gesto interrogativo.

18

Le resumía a Nina todo lo que estaba aprendiendo, también aquellas clases, o puede que hasta le declamara los apuntes, y ella me escuchaba con atención. Pero es probable —pienso ahora— que fingiera. He aprendido que incluso a las personas que lo quieren a uno les cuesta mantenerse en un segundo plano y ceder el papel protagonista. Entonces no dudaba que Nina disfrutaba cuando la arrollaba con mis estupideces. Estaba seguro de que había encontrado a alguien que creía en mi naturaleza excepcional incluso más que mi abuela y sin duda más que yo mismo.

La realidad era, naturalmente, más complicada. Nina salía de unas clases que le llenaban la cabeza de fórmulas y creo que le habría gustado hablarme de álgebra como yo le hablaba de papirología y glotología. Pero como sabía que de álgebra y de muchas cosas más yo no entendía nada de nada, mantenía la compostura, como si hubiera una especie de alambrada entre la intensa actividad matemática de su mente y Filodemo de Gadara, los topónimos de los Abruzos y de Molise, las cavilaciones sobre las vocales y los garabatos de la grafía fonética. O, lo más probable, daba por sentado —en 1962 o 1963 todavía era así— que como mujer tenía la obligación de prestar mucha atención a lo que yo, el hombre, aprendía, mostrar entusiasmo por las formativas asignaturas humanísticas, reírme las gracias que alternaba con frases melosas y quedarse con la boca abierta cuando yo hacía observaciones profundas.

Pero ni siquiera en aquella época era aconsejable pasarse de la raya. Mientras que algunas de mis anunciaciones y enunciaciones captaban su atención, otras despertaban en aquella chica tranquila, cada vez con más frecuencia, una insospechada mentalidad combativa.

Por mi parte, cada vez disfrutaba más demostrándole la disgregación de todo lo que parecía duradero y que yo adoraba. Un día salí de la clase de Glotología muy agitado.

—La lengua no es estática, la lengua se desintegra, y también la escritura —le dije, como si nos acechara un peligro inminente.

—Y las montañas, los planetas, las estrellas y todo el universo.

—Ya, pero a mí me importa sobre todo la fiabilidad de la escritura, y saber que es frágil e insuficiente me desorienta.

—¿Qué quieres decir?

—Que el alfabeto no registra todos los sonidos, Nina. No puedes imaginarte la de cosas que se quedan fuera.

—Quizá deberías resignarte.

—No es tan sencillo. Piensa en la niña de Milán. Recuerdo poquísimas palabras pronunciadas por ella, pero esas pocas aún retumban con nitidez en alguna parte de mi mente. Tengo la impresión de que en ese eco, sus vocales no coinciden en absoluto con las cinco de siempre, y temo que si encerrara sus raras frases en el alfabeto, ese poco de voz que conserva mi memoria moriría, como murió ella.

Me respondió con un silencio incómodo.

—¿Otra vez la niña ahogada? —dijo luego.

—Era solo un ejemplo.

—Estoy un poco cansada de las erupciones del Vesubio, las lenguas que se desintegran, la escritura que no logra abarcar los sonidos, de que todo se derrumbe y se deteriore.

—¿Ya no me quieres?

Lo pensó un instante y negó con la cabeza.

—Sí, te quiero. Pero ven aquí, deja estar a la niña de Milán y mientras yo viva piensa en mí.

Aquella vez comprendí que Nina se había distanciado por un instante de nosotros, había echado un vistazo al conjunto desde muy lejos y había descubierto que no le gustaba que yo concediera cada vez más espacio a la sombra de la Milanesa. Me quería como yo le había hecho creer que era: un chico de carácter apacible que nunca sube el tono, ni siquiera cuando habla de sus ambiciones, que siempre arroja una luz de esperanza en los rincones inevitablemente oscuros. De hecho, me dijo a continuación: ¿Qué te está pasando?, ¿estás cansado? Creo que tienes agotamiento nervioso. ¿Quieres que lo hablemos? Era afectuosa, pero estaba preocupada y me costó convencerla de que no me ocurría nada y de que solo los idiotas están siempre contentos. Lo cierto era que a veces sentía la vida llena de muerte, pero en cuanto me olvidaba de la niña de Milán se me pasaba, le aseguré.

Llegó en nuestra ayuda, en ese sentido, un periodo de otras preocupaciones. Nina me anunció que no le venía la menstruación, estaba asustada y yo también me asusté. Aquella noche no pegué ojo. Me vi padre, mis estudios truncados, adiós a la literatura; tendría que encontrar un trabajo cualquiera para mantener a la familia. Pasamos mucho tiempo imaginándonos, mientras escuchábamos desolados el adagio de Albinoni, una boda precipitada, el embarazo, el parto. Por suerte, ella se empeñó en tomar baños de agua hirviendo. Parecían inútiles, y en cambio fueron una panacea porque la regla le volvió.

Lo consideramos un milagro y estar vivos algo maravilloso; volvimos a ser dos estudiantes enamorados. Pero una mañana, para mi sorpresa, fue ella la que sacó a colación, en un tono sarcástico, a la niña muerta.

—¿Puedo hacerte una pregunta?

—Sí.

—¿Por qué la llamas «la niña» o «la Milanesa»?

—Era una niña de Milán.

—Pero se llamaría de alguna manera, ¿no?

La pregunta me desorientó, nunca lo había pensado. ¿Cómo se llamaba la Milanesa? ¿Cómo era posible que no su-

piera su nombre? ¿Cómo era posible que conociera el de Filodemo de Gadara, supiera la fecha de su nacimiento y de su
muerte, y que era un epicúreo, mientras que no solo ignoraba
el de la niña, sino que había caído en la cuenta diez años después de que falleciera?

—Claro que se llamaba de alguna manera, pero nunca lo
supe —admití.

—¿El mío lo sabes?

—Sí.

—¿Cómo me llamo?

—Nina.

Se marchó —quizá satisfecha o quizá no— a sus clases de
álgebra.

19

Volví a casa más descontento de mí mismo que de costumbre. Ahora que la Milanesa no solo había perdido la vida,
sino también el nombre, los puntales del mundo y su pun-
teado mismo me parecieron especialmente inciertos. Me
sentía un Adán que, justo cuando aspira a fundar su lengua inmutable, se olvida de una denominación esencial, que
desgarra el tejido verbal y será la causa de su progresiva di-
solución.

Di vueltas por el piso vacío —mi padre se había ido a trabajar, mi madre a entregar los vestidos que cosía para las clien-
tas pudientes— y llegué a la conclusión de que, si bien no era

objetivamente culpable del final precoz de la vida mortal de la niña, lo era en cambio de no poder afirmar: Se llama así o asá, y darle palabras que la hicieran perdurar.

Me asomé a la cocina en busca de compañía, sabía que allí encontraría a mi abuela. Picaba perejil manejando el cuchillo con habilidad.

—¿Cómo se llamaba el abuelo? —le pregunté para matar el tiempo.

—Giuseppe.

—Sí, pero ¿tú cómo lo llamabas?

—Giuseppe.

—Quiero decir entre vosotros. Cuando estabais solos, ¿no usabas otro nombre?

—Peppe.

—¿Y qué más?

—Pe'.

—Y de todos estos nombres, ¿cuál era el verdadero, ese que si lo llamas el abuelo acude de inmediato, ahora mismo, a pesar de que hace años que murió?

Me miró con perplejidad, debió pensar que le tomaba el pelo. Pero luego me vio serio.

—¿No tienes que estudiar? —farfulló.

En realidad quería decir: Ve a emplear bien el tiempo, no lo desperdicies conmigo; estudiar es más importante que esta conversación sobre el nombre del abuelo. Yo, en cambio, volví a la carga y le pregunté por los motes cariñosos —los de cuando bromeaban o se abrazaban—; de repente se echó a reír, una carcajada con pocos dientes, pero simpática. Dijo que los nombres servían para llamar a los vivos, que los muertos, aunque los llames, no responden; que su marido, a pesar de que lo había llamado muy a menudo, nunca había acudido. Y seguramente no por maldad. De vivo, su esposo siempre respondía si podía y también lo había hecho la mañana que se cayó del andamio. Antes de levantarse para prepararle la fiambrera, ella lo había llamado —un soplo, Pe'—, y él, medio dormido, se giró, la abrazó y la besó. Me besó, recalcó sin dejar de sonreír, y siguió, cada vez más divertida, algo insólito en ella, complaciéndose en aquel modo dulce de llamarse cuando estaban vivos. Me dijo que cuando mi novia pronunciaba mi nombre yo nunca debía responderle estoy ocupado, ahora no o más tarde; en su opinión, decir después era un error porque a veces no había un después. Y entonces, de repente, se acordó de la promesa —volver de la muerte para contarme qué había en el más allá— que le había arrancado de niño. Dijo que bien pensado no necesitaba esperar la muerte para responderme, podía hacerlo ahora mismo, lo había visto claro mientras picaba el perejil. En aquel momento, perdió el control de la risa, se puso muy roja y le asomaron lágrimas a los ojos; no podía parar. Había comprendido que después de la muerte no había nada, ni Dios ni la Virgen ni los santos ni el infierno ni el purgatorio, nada. Señaló el perejil sobre la tabla de cortar, los trocitos rodeados de un líquido verdoso. Mira —dijo—, es esto. Ella se convertiría en eso y la idea no le desagradaba, es más, se sentía más ligera, se convertiría en perejil picado. Por eso —insistió—, más valía que llamara a Nina, una chica muy guapa: Llámala, llámala, abrazaos..., ah, qué guapa es.

20

Llamé a Nina y me despejé un poco. Por supuesto, tuve que reconocer que ya no era tan apacible, que su devoción se había atenuado y que a veces se comportaba como una Deyanira que en vez de lavar las túnicas de Heracles se las ensucia aposta. En compensación, me pareció que nuestra relación, superadas las poses iniciales para gustarse el uno al otro, estaba asumiendo una sólida y positiva cotidianidad. El tiempo volvió a transcurrir entre papirología, glotología y peleas de enamorados.

Un día en que paseábamos por piazza Municipio —habíamos ido a echar un vistazo a la Biblioteca Nazionale, donde ni ella ni yo habíamos estado nunca— oí gritar a voz en cuello: ¡Mimí! Como de niño me llamaban así, me giré instintivamente a pesar de que hacía mucho tiempo que nadie, ni siquiera mi abuela, lo hacía. Vi que nos pisaba los talones un Seiscientos blanco, destartalado, conducido por un joven rubio con el pelo hacia atrás, la frente amplia, los ojos azules y una sonrisa radiante. Mimí —repitió el fulano—, soy Lello, ¿no me reconoces?

Lo reconocí. O mejor dicho, reconocí al niño que braceaba para salir a flote de la cara ancha, de marinero noruego, del conductor del Seiscientos. Era Lello, que se detuvo y bajó del coche con los brazos abiertos. Me pareció tan emocionado que yo también me emocioné. Le devolví el abrazo, a pesar de que sus anchos hombros, su torso y su gruesa voz me eran del todo extraños y la única garantía de familiaridad estaba asegurada por aquel niño que oscilaba en su rostro, como una llama trémula que en un momento se inclinaba hasta casi desparecer y al siguiente se avivaba.

Le presenté a Nina, pero él estaba tan entusiasmado con nuestro encuentro fortuito que no le prestó mucha atención. Me acribilló a preguntas: cómo estaban mis hermanos, mis padres, mi abuela.

—La vi —dijo—. Qué afectuosa fue. Le pedí que te diera mi teléfono, confiaba en que me llamarías.

—Quizá se olvidó —mentí—. Pero fíjate qué casualidad, de todas formas nos hemos encontrado.

—¿Qué es de tu vida, Mimí?

—Estudio.

—¿Qué estudias?

—Filología clásica. ¿Y tú?

—Ingeniería aeronáutica.

—Ah.

—Estaba seguro de que estudiarías Filología clásica.

—Sí, Filología moderna no me inspiraba la misma confianza.

—¿Dónde os fuisteis a vivir?

—Cerca de la estación.

—Nosotros cambiamos de casa un año después.

—¿Adónde fuisteis?

—Aquí cerca, en via Verdi. ¿Queréis subir a casa a tomar un café?

—No, gracias —respondí también por Nina.

No quería dejarnos marchar.

—Pues venid a dar una vuelta en coche, ¿os apetece? —propuso.

—Otra vez será.

—¿Os estoy agobiando?

—Qué va.

—Sí, os estoy agobiando. Id los dos solos, te doy las llaves. Cuando volváis, aparcad en via Verdi y subid a casa.

—Gracias, pero no tengo carnet de conducir.

—¿No tienes carnet?

—No.

—Pues es indispensable.

—Lo sé, pero cuesta dinero. En cuanto ahorre un poco voy a la autoescuela y me lo saco.

—Yo estudio Matemáticas —intervino Nina con cordialidad, sin duda harta de que no le hiciéramos caso.

—Nunca lo habría dicho.

—¿Por qué?

—No sé...

—No, explícate.

—Las que estudian Matemáticas son unos cardos.

—Como los que estudian Ingeniería.

—Es verdad.

—De todas formas, a mí me apetece dar una vuelta en coche.

—¿Adónde?

—A donde jugabais de pequeños —dijo Nina tras pensarlo un momento.

La idea nos hizo gracia, tanto a Lello como a mí. Él se puso al volante, mi novia en el asiento de atrás y yo en el de delantero porque tenía las piernas largas y en el trasero habría estado muy incómodo. Subimos al Vomero. Felicité a Lello por la habilidad y la desenvoltura con que ponía en peligro nuestras vidas zigzagueando en medio del tráfico.

—¿Cómo era la niña que os gustaba de pequeños? —preguntó Nina.

—¿Qué niña?

—La Milanesa —dije esperando su complicidad. Pero Lello entornó los ojos como si mirara la lejanía, más allá del parabrisas, y no lograra enfocarla.

¿Sabes que no me acuerdo de ninguna milanesa?

—La niña por la que os retasteis a duelo. —Nina le refrescó la memoria.

—Del duelo sí que me acuerdo.

—Luego se fue de veraneo y murió —insistió ella.

—Sí, me acuerdo de algo.

—¿De qué? —pregunté.

—Escribías historias de fantasmas que me daban miedo. Y te obsesionaste con que en el patio había una losa que tapaba la fosa de los muertos.

—¿De qué habla? —preguntó Nina dirigiéndose a mí, como si le hubiera ocultado un detalle importante.

—De nada —respondí abochornado, pero Lello se lo contó.

—Cuando era niño, Mimí hablaba de los muertos sin cesar, y de persecuciones, asesinatos..., siempre tuvo mucha fantasía. —Luego, como si se le hubiera ocurrido de repente y eso pudiera satisfacer mis numerosas necesidades, añadió—: ¿Quieres trabajar conmigo en el cementerio?

—¿Trabajas en el cementerio? —pregunté fingiendo sorpresa.

—Sí. Han empleado a muchos universitarios para contratar la luz de los nichos.

—Me parece un trabajo que ni pintado para Mimí —exclamó Nina.

—Así es —me animó Lello—. ¿Te imaginas cuántas ideas se te ocurrirían para escribir cuentos de terror? Por no mencionar que podrías apartar algo de dinero para el carnet.

Negué con la cabeza.

—Eres muy amable, gracias, pero doy tantas clases particulares que no me queda tiempo.

Aparcamos y paseamos —Nina en el centro, yo a su derecha y Lello a su izquierda— por la plaza donde unos diez años antes mi amigo me había arrollado con la bicicleta. Se lo mencioné con la esperanza de que al menos se acordara de eso.

—Menos mal que no te hiciste nada —exclamó mortificado, como si acabara de pasar.

—¿Nada? Me heriste el pie, el tobillo y la pierna hasta la rodilla. Me salió muchísima sangre.

—¿De verdad? Yo recuerdo un par de rasguños.

—No le hagas caso, tiene tendencia a exagerar —intervino Nina.

—La herida chorreaba sangre —insistí— y fui a enjuagarme a la fuente.

La fuente seguía allí, un testigo sin palabras, solo gorgoteo. Me aparté de Nina y Lello y fui a beber un sorbo de agua con la intención de comprobar si oía las palabras de la niña. Y así fue, las oí de verdad, por unos instantes intensos y rebosantes de gradaciones vocálicas. Pero cuando volví con ellos no le dije nada a Lello, su corta memoria habría podido debilitar la mía.

Fue él, en cualquier caso, quien quiso mostrarle a Nina la fosa de los muertos. Fuimos al patio, pero no encontramos la losa; unas obras recientes lo habían modificado y habían empobrecido nuestra infancia. Tanto Lello como yo nos sentimos fatal.

—¿Te acuerdas de aquel golpe seco que se oía de repente? —me preguntó.

—Sí.

—Debía de ser la bomba del agua.

Dudé, sonreí de lado.

—Eran los muertos.

—Más vale que te calles. Tú y tus muertos de pacotilla —dijo Nina—. Él trabaja en un cementerio y entiende de muertos más que tú.

Pero Lello salió en mi defensa, elogió mi habilidad narrativa, dijo que nadie contaba como yo historias de cadáveres, lo cual, a pesar de que su intención no era hacerla reír, divirtió mucho a mi novia. Me dejé tomar un poco el pelo para que confraternizaran y entretanto, sin que se dieran cuenta, los conduje bajo el balcón de la niña. No pude evitarlo. Al fin y al cabo, era mi primera experiencia con la muerte. Todo me pareció más angosto, como si el cielo y los edificios hubieran sido pintados en la cúpula de un paraguas bien abierto cuyo armazón se había roto y tendía a cerrarse sobre nuestras cabezas.

—¿Ahora te acuerdas un poco mejor de la Milanesa? —pregunté a Lello.

Miró la fachada desteñida del edificio y los balcones.

—Sí, un poco.

—El balcón, el del segundo piso, ¿te acuerdas?

—Sí, un poco.

Le mostré a Nina mis ventanas de antaño, el alféizar común a las del retrete y la cocina por el que había pasado un par de veces corriendo el riesgo de caerme. En aquel momento, Lello se entusiasmó.

—Lo que nunca podré olvidar es cuando bajaste con el bastón de tu abuelo, que tenía una espada oculta en el interior.

Lo miré para entender si se burlaba de mí y callé unos instantes. Me pareció que disfrutaba muchísimo acordándose de esa mentira.

—¿Tu abuelo tenía un bastón con espada? —preguntó Nina.

—Sí —respondió Lello en mi lugar—, era un bastón con la empuñadura de plata y dentro tenía una espada de verdad, muy afilada.

—Cuando hicimos el duelo, ¿tú viste a la niña bailando sobre el antepecho? —pregunté.

Lello titubeó.

—Es verdad, pasó en el momento culminante. ¡Y tú me heriste el brazo con la espada de tu abuelo! —exclamó entusiasta.

Fue emocionante. Los dos seguíamos enredados en la maraña de la infancia y en aquel instante en que parecía que habíamos dejado de avergonzarnos de ello me sentí unido a él por una amistad mucho más honda que cuando era niño. Confirmé punto por punto su versión.

—Podías haberlo matado —dijo Nina.

—Sí.

—A vosotros, los hombres, hay que vigilaros de cerca, estáis locos.

—Sí.

Fue, al fin y al cabo, una nueva versión agradable. Volvimos contentos al Seiscientos, no solo Lello y yo, sino también Nina, que a pesar de haber pasado la infancia en otra zona de Nápoles, a aquellas alturas se sentía más familiarizada con nuestra niñez que con la suya. Cuando llegamos al coche, me hizo una señal para que me sentara detrás, ocupó el asiento al lado de Lello y nos fuimos.

Nuestro chófer se mostró aún más audaz que a la ida. Conducía bien, y aunque nos pusiera continuamente en peligro lo hacía con tal desenvoltura y seguridad que los pasajeros disfrutamos del trayecto como si la muerte no fuera con nosotros, como si no pudiéramos acabar chocando contra un autobús mientras adelantaba en una curva.

Ya en piazza Municipio, antes de despedirnos, Lello me propuso de nuevo que trabajara con él en el cementerio. Le ocupaba los domingos y los lunes de las ocho de la mañana a la una de la tarde. Ganaba dos mil liras al día como recaudador y dos mil como electricista.

—Piénsatelo —dijo—. Apúntate mi número.

Me lo apunté y él se apuntó el de mi casa y el de Nina que, contenta, mientras nos despedíamos y prometíamos volver a vernos pronto le hizo una pregunta a bocajarro:

—¿Cómo se llamaba la niña?

Lello fingió esforzarse en recordarlo —había quedado claro que la Milanesa no le había dejado la huella que había dejado en mí— y negó con la cabeza.

—Lo tengo en la punta de la lengua, pero no me sale.

Se subió al coche y desapareció.

Nina y yo seguimos paseando abrazados, la brisa del mar olía bien.

—Fuiste un niño muy alegre —se burló—. Tuviste una infancia llena de difuntos y muertes.

—Qué va, era muy alegre, Lello no se acuerda de nada. ¿Cómo te ha caído?

—Bien, es un poco tonto.

—Tonto no, pero nunca ha tenido fantasía.

—Se nota que te tiene mucho cariño. No solo estaba dispuesto a prestarnos el coche, sino que hasta te ha ofrecido trabajo. Deberías haberte mostrado más disponible.

—Tengo que estudiar y escribir. Solo me faltaba ponerme a vender luces para los muertos.

Eso dije, pero zanjar la conversación con aquella frase no me sentó bien. Por una fracción de segundo reconocí una antigua ansiedad y pensé: En efecto, ahí abajo debe de estar muy oscuro.

21

La amistad con Lello empezó a ir viento en popa. Al cabo de un par de días desapareció y nos invitó de excursión a Pompeya. Aceptamos porque Nina no había estado en las excavaciones y yo —a pesar de que ya era un buen conocedor de los papiros de Herculano— había estado una sola vez con mis padres cuando tenía once años.

Hacíamos muy buenas migas. Lello era cordial y discreto, rechazó nuestra oferta de contribuir a pagar la gasolina. Después de aquella hicimos otras excursiones y nos paseó por la costa amalfitana y por Pozzuoli, donde vimos la Solfatara por primera vez.

A fuerza de vernos, empezamos a compenetrarnos y Lello incluso nos invitó un par de veces al cementerio para que lo viéramos manos a la obra. No fue una experiencia negativa. Nos presentó a sus compañeros, todos estudiantes universitarios, que eran muy cordiales. Cada uno tenía su propia oficina: una mesa dentro de una capilla donde recibían a los clientes, es decir, a los familiares del difunto.

A Lello le hacía ilusión mostrarnos la suya, un sitio tranquilo, con un altar, crucifijo y lámparas votivas. Solo se oía el cantar los pájaros, el murmullo de las hojas y el borbotar de las fuentes, ni gritos ni bocinas; el aroma a flores frescas o el olor a las marchitas impregnaba el aire. El mueble donde guardaba sus cosas —un registro, bolígrafos, libros para estudiar en los ratos libres y un tentempié— era un nicho vacío con la losa apoyada al lado.

Tuvimos ocasión de verlo trabajar y era bueno, humano y comprensivo. Vendía sobre todo piezas de madera con dos, cuatro e incluso ocho luminarias (mantenerlas encendidas costaba cien liras al día), gracias a las cuales, en las jornadas festivas, los familiares de los difuntos añadían luz a la lámpara normal, con forma de llama eterna. Pero sus atribuciones también incluían —en cuanto descubría, absorta en sus oraciones, a alguna viuda morosa— exigir los importes retrasados (la lámpara eterna costaba cuatrocientas sesenta y cinco liras al mes). Lello desempeñaba a la perfección el papel de cobrador. En primer lugar, preguntaba por el difunto, se interesaba por las virtudes que había tenido de vivo, y no tocaba el tema económico hasta después de un rato de conversación, como dando a entender: Si no dispone del dinero, yo mismo lo anticiparé de mi propio bolsillo, pero si no se hace cargo de la deuda, me veré obligado a apagar la luz. Asistimos a una escena de esas cuya conclusión fue que la viuda pagó la deuda mientras murmuraba afligida: No me dé el disgusto de encontrarme con mi marido apagado, frase que ilustraba que si la lámpara se apagaba por falta de pago, para el familiar era como si la vida del fallecido se apagara por segunda vez.

No sé si, de entrada, me gustó la experiencia. El cementerio de Lello me pareció diferente de mi idea de cementerio. Él lo había convertido prácticamente en una finca de su propiedad, bien conservada, sin fantasmas, sin ángeles de plumas negras ni la amarillenta angustia de la muerte. Hasta el dolor de los vivos era una especie de costumbre local. Los familiares parecían invitados y Lello sabía darles la impresión de que las lámparas encendidas —gracias a las cuales los difuntos descansaban en un lugar limpio e iluminado en vez de en nauseabundas tinieblas— eran un regalo que él les hacía. Yo, en cambio, era proclive a ver cementerios incluso en los guateques, por así decir, y si al despedirse alguien me decía amistosamente: Da señales de vida, a veces pensaba por un instante: ¿Por qué lo dice?, ¿me está diciendo que ya estoy muerto? Sin embargo, como no quería disgustar a Nina —ella, entusiasta, bromeaba con mi amigo, le decía que lo envidiaba porque allí se podía estudiar con más concentración que en casa o en la universidad y hasta llegó a insinuar que aceptaría el empleo que me había ofrecido a mí—, como, efectivamente, no quería hacerle un desaire, solté una frase que sonó más o menos así: Muy bien, Lello, es un gran aprendizaje. Si vives y trabajas a gusto en un cementerio, podrás vivir y trabajar a gusto en cualquier sitio. Como es obvio, no supe ser convincente como sé serlo ahora, y un poco de incomodidad debió de traslucirse, porque me pidió explicaciones.

—¿A qué se refiere? —preguntó.

—Me refiero a que hay que acostumbrarse a la idea de que vivimos en medio de restos mortales.

—No lo entiendo.

—Nos pasamos la mitad de la vida estudiando los restos mortales de los demás y la otra mitad dejando los nuestros —traté de explicarme.

Lello no atinaba a entender si bromeaba o hablaba en serio y la verdad es que yo tampoco.

—¿Quieres decir que la historia, la geografía, la física, la química, las novelas, la poesía, el álgebra y la ingeniería aeronáutica son restos mortales?

—Sí.

Nina se echó a reír.

—¿Te das cuenta de la clase de persona que es tu amigo? —dijo dirigiéndose a Lello.

22

Lo cierto es que aquella renovada amistad me sentó bien. La Milanesa logró afianzarse de manera definitiva, su nueva vida se instaló sobre cimientos fortalecidos, llenos de detalles. No me atreví a escribir sobre ella, me pareció que aún no tenía los instrumentos adecuados. Pero una mañana en clase de Glotología descubrí que el profesor consideraba un ejercicio encomiable la transcripción fonética de breves prosas de calidad literaria: un relato de autor, una página de *Los novios*, una de *Los Malavoglia*. Recuerdo una fábula famosa, he aquí algunas líneas: «Loz ðoz li ti 'ɣan tes koŋ kor 'ða roŋ ke se kon si ðe ra 'ri a el 'mas 'fwer te kjen lo 'ɣra ra ke βja 'xe ro se ki 'ta ra la 'ka pa». Aquellos ejercicios fueron para mí la prueba de que también la escritura más fina mejoraba si se la enriquecía con los signos fonéticos, y me entrené mucho y con ahínco. Me propuse alcanzar la perfección y escribir con ese método un cuento vanguardista sobre la niña de Milán, que trajera a la memoria su italiano inigualable.

Entretanto, se aproximaba la hora de ponerme a estudiar seriamente, es decir, de memorizar los textos repitiéndolos en voz alta con un italiano académico. Quería inaugurar mi carrera universitaria presentándome al examen de Glotología y acto seguido al de Papirología. Pero cuando fui a la librería científica a comprar los libros y los apuntes, descubrí que el bisbisear y el musitar del profesor me habían privado de una información importante: además del estudio de los topónimos de los Abruzos y Molise, el examen preveía la compilación, con grafía fonética, de quinientas fichas de otras tantas palabras del dialecto napolitano.

Me encerré en casa durante un tiempo, dejé de ver a Lello e incluso a Nina, y me resigné a partirme la espalda. Comprendí que tenía que recoger el material lingüístico tal y como salía de los hablantes, que la fase preliminar consistía en realizar un extraordinario esfuerzo para liberarme de mis costumbres fonadoras con el fin de transcribir el habla de los demás sin contaminaciones, que debía moverme por los campos durante la labranza, detenerme en la cabaña del pastor y en el tugurio de la vieja bruja, meterme en la casa del montañés y en el taller del artesano, en definitiva, quitar las palabras de la boca a cualquiera más o menos rebelde a la disciplina intelectual en cuanto mis vagabundeos de aspirante a glotólogo me ofrecieran la oportunidad. Comprendí también que debía poner especial atención en el hecho de que los hablantes no se hubieran alejado nunca de su país natal, que hicieran un uso exclusivo del dialecto y tuvieran la dentadura sana y oyeran bien; que debía agudizar el oído y aprender a percibir en mis interlocutores los matices de pronunciación de las consonantes, sobre todo las simples y las geminadas, y de los incontables grados de apertura y cierre de las vocales; que debería recurrir a sutiles astucias para tirar de la lengua a gente tímida por naturaleza, a veces ingenua y casi siempre desconfiada, incluso ruda y maliciosa, y que para conseguirlo debía aprender a reprimir mi olor a libro, a ocultar papel y lápiz y a ganarme la confianza de las personas irracionalmente contrarias a que perpetuara a sus muertos. Por último, comprendí que para preparar mis investigaciones debía ponerme a prueba con mi dialecto, demostrar que sabía aproximarme de la manera correcta a los incultos que lo hablaban y probar que había adquirido grandes competencias en la transcripción fonética del napolitano. De ahí la necesidad, si quería superar el examen de Glotología, de redactar lo mejor posible las quinientas fichas.

Sin ánimo de exagerar —de hecho, más tarde me apasioné mucho por los temas y los problemas que he mencionado—, confieso que en un primer momento el examen me pareció una degradación de la universidad, de los estudios en general, y, sobre todo, de la grafía fonética. Me había imaginado que me elevaría hacia un italiano oral y escrito muy superior al del instituto, y ya tenía pensadas frases grandilocuentes sobre la atormentada relación entre voz y símbolo. En cambio, si quería sacarme la carrera, estaba obligado a volver abajo, a preguntar a informadores rematadamente incultos —es decir, cuya competencia dialectal no estuviera corrompida por la italianización— cómo se le llama en napolitano al cerco del barril o al pezón de la vaca, por poner un ejemplo, o si existe un verbo que defina la acción de sacar pus de un grano o a qué palabras se echa mano para hablar con una mujer de cascos ligeros, exponiéndome, entre otras cosas, a que los informadores, ocupados en ganarse el pan a pesar de su avanzada edad, me respondieran: No me toques los huevos, *guaglió*.

¿Por qué tenía que desaprovechar el tiempo de aquella manera, hurgando en un léxico que conocía desde que había nacido y que me había causado un montón de problemas con los profesores? («No se dice así, no se escribe así; esto es napolitano, no sabes italiano, cometes muchas faltas de ortografía»). Apenas unas semanas antes había planeado inmortalizar —esa es la función de la literatura, me dijo una vez el maestro Benagosti tras confesarme que él también era poeta— la gentil figura de la Milanesa haciéndola expresarse por escrito tal y como me había hablado en la fuente. Quería usar la grafía fonética para reproducir lo mejor posible su maravillosa lengua. Y ahora todo cambiaba de perspectiva y tocaba importunar a los viejecitos y preguntarles, por ejemplo, cómo se llamaba la cesta que estaban confeccionando y cuando me respondieran «cuévano», recurrir a los nuevos símbolos para escribir en la ficha: «'kwe βa no». Ah, qué estupidez, qué despilfarro de energía. ¿Debía renunciar al placer de estar con Nina para volverme loco con aquellas fichas?

Estaba de un humor de perros cuando le eché el ojo a mi abuela. Como siempre, se movía entre los fogones: una Vesta arrugada que mantenía encendida la llama del fuego sagrado. Tras nuestra última conversación, se había arrinconado en su papel de solícita cumplidora de mis necesidades —de los calcetines limpios a un vaso de agua—, con un encarnizamiento potenciado por el hecho de que, estudiando en casa, como un amo haragán, le ofrecía la oportunidad de ser mi sierva muda a tiempo completo. La saqué de sus pensamientos y se sobresaltó. Tengo una buena noticia, abuela, la universidad te necesita.

23

Al principio creyó que bromeaba y murmuró: Sí, cómo no sin dejar de revolver en una sartén donde algo chisporroteaba. Pero en cuanto pude la aparté de los fogones, le mostré los libros, le enseñé las fichas y le expliqué que si no me ayudaba, no podría presentarme al examen.

Me costó, pero cuando comprendió que iba en serio, la tez, de costumbre encarnada, se le puso blanca y ella se convirtió en una maraña de sentimientos contrapuestos: le tembló el labio inferior y se le humedecieron los ojos al igual que cuando mi padre la humillaba. Como siempre, estaba dispuesta a hacer cualquier cosa por mí, pero le pareció una locura mayúscula que yo pudiera necesitar sus palabras en napolitano para el examen. Farfulló frases confusas —sospechaba que alguien me estaba tomando el pelo, o algo peor— y hasta dejó caer, entre risitas nerviosas, que quizá los profesores habrían podido usar las fichas como prueba de cargo contra mí, al considerar que, si yo tenía una abuela así, no merecía un título universitario. Incluso mencionó que había aspirantes a carabineros que no podían convertirse en tales porque algunos de sus antepasados habían tenido antecedentes penales. En definitiva, se puso tan nerviosa que me dio pena.

Procuré tranquilizarla, empecé a hacerle preguntas. Quería saber cómo se imaginaba la universidad para poder decirle: No es así. Se lo fui sonsacando poco a poco y al final resultó que se la imaginaba exactamente como el reverso de la fosa de los muertos de la que me había hablado de niño y en la que mi abuela ya no creía.

No era precisamente el paraíso —tampoco creía ya en él—, pero por las muecas y los gestos que hacía, la universidad, en su opinión, estaba muy en lo alto, casi en el cielo, y fue inútil explicarle que bastaba con echar a andar por el Rettifilo dejando atrás la estación y allí estaba, a mano derecha, seguro que había pasado por delante un montón de veces. Pero siguió levantando la mirada, haciendo un gesto hacia el techo. En su opinión la universidad estaba bien arriba, y se llegaba por una especie de escalera hecha de peldaños que eran como tamices, por lo que al final solo quedaban unos pocos granos purísimos. Mientras que a ella, de pequeña, la habían descartado en el acto a pesar de que sabía multiplicar y dividir, yo, gracias a Dios, había resultado ser un grano de calidad superior y tenía todo el derecho a entrar en aquel lugar reservado a un grupo de elegidos, un espacio azul claro en el que nadie trabajaba, se hablaba en italiano y las personas no se pasaban el día gritando obscenidades como me cago en tus muertos; allí se estudiaba, se pensaba y se comunicaban los pensamientos, con alegría y educación, a quienes tenían que sacar adelante a la familia y ni siquiera podían permitirse pensar.

Fue un bonito regreso a la infancia, pero nunca como en aquella ocasión me pareció que se habían trocado los papeles. Ahora el viejo era yo. Y me estaba aprovechando de la credulidad de mi abuela, como si fuera una niña. La convencía de que participaba en un juego —como pelar judías frescas o guisantes— que en realidad era un trabajo. Mi intención era tenerla a mi disposición un par de mañanas, cuando la casa se quedara vacía, y sonsacarle los nombres napolitanos de los utensilios de cocina, los alimentos, los ingredientes y cualquier otra cosa que le evocara su mundo de criada —gran trabajadora, viuda a los veinticuatro años con una niña de dos y embarazada de otro—, y transcribirlos recurriendo a la escritura fonética para obtener, en pocas horas y sin esfuerzo, las quinientas fichas. Los demás informadores me los inventaría.

24

Hablamos, se tranquilizó. Le dije que la universidad no era tan azul como se la imaginaba: había polvo, penumbra y aire viciado. Pero se estudiaba en serio y mi profesor de glotología había mostrado mucha curiosidad por quienes, como ella, conocían a fondo el napolitano. Los profesores —le conté— tenían en gran estima a cualquiera que conociera algo a fondo, así que no debía preocuparse porque sin duda me haría quedar muy bien. Por supuesto, no iba a necesitarla para preparar todos los exámenes; para el de Italiano seguro que no, tampoco para Gramática Griega ni para Latín, pero para Glotología sí, para aquellas fichas sí. Es más, si no la hubiera tenido a ella, habría perdido mucho tiempo molestando a la gente, así que menos mal que podía contar con una abuela como ella. Etcétera.

Poco a poco se convenció y, encorvada, empezó a dar vueltas por la cocina. Miraba a su alrededor, abría los cajones y pasaba los dedos por los utensilios que tenía al alcance de la mano para inspirarse. Sacó uno, era un cazo agujereado, esbozó una sonrisita de apuro e hizo un esfuerzo para pronunciar la primera palabra de nuestro trabajo. La pronunció con cautela, de manera innatural, como si, considerando que debía serme de utilidad, la pronunciación cotidiana no estuviera a la altura y fuera necesario darle un poco de elegancia. *Pirciatèlla*, dijo, y lo silabeó a su manera: *Pi-rcia-te-lla*. Lo hizo dos o tres veces, demorándose en *-cià* y sobre todo en *-lla*, lentamente.

Me pareció que la pronunciaba con artificio, para que cuando la escribiese, nada más y nada menos que en la ficha, pareciera una palabra digna de los señorones de la universidad. Luego, esforzándose en hablar un poco en italiano, como si al dirigirse a mí se dirigiera a los profesores o a la Glotología misma, añadió: Es como *votapésce* (*vo-ta-p-sce*), que escurre el aceite de la fritura por los agujeros de espátula, o como *scolapasta* (*sco-la-pa-sta*), que escurre el agua, o como la *pirciatèlla* de la cafetera, que filtra el agua caliente y sale café, o como los *pirciatiélli (pi-rcia-tie-lli)*, los espaguetis agujereados. *Pirciàto*, de *pircià*, *guaglió*, el líquido que escurre por los agujeros... ¿Lo has apuntado?

Sí, había apuntado, deprisa, a lápiz: *pirciatèllə, votapescə, uogliə, skolapastə, cafè, pirciatiéllə, percià, perciàtə...* Las demás palabras llegaron en cadena, sonidos cada vez más audaces. Me alegré, pero al mismo tiempo estaba desconcertado. Tuve la impresión de que mi abuela se estaba enderezando. Parecía como si su cuerpo hubiera acumulado metal sonoro que ahora, frase a frase, se ponía incandescente y surtía efecto en sus ojos, en sus muecas, en su esqueleto. A pesar de que fue una grata sorpresa, me molestó el confuso esfuerzo que hacía para dignificar las palabras. Habla con normalidad, le había dicho desde el principio. Pero en aquel momento a ella la normalidad le parecía un menoscabo, y se resistía a hacerlo. Pronunciaba con terquedad las palabras enteras sin apocoparlas —*rattacàsa, caccavèlla, tièlla, tiàna, buttéglia, maciniéllo*—, y eso fue lo que más me molestó. *Chisto è 'o maciniéllo*, decía, y yo sentía una incomodidad, casi un malestar, al principio inmotivado.

Pero pronto fue mi misma desazón la que me orientó. Del dialecto siempre había aborrecido la reducción vocálica al final de las palabras, su extraviarse en un sonido borroso de mal efecto. Cuando mi padre se peleaba con mi madre —*Addò cazzə sí ghiutə accussí 'mpennacchiatə?*— tenía la impresión de que las palabras, deseosas de protagonismo, se separaban de él para golpearla con las consonantes que se agitaban sin su vocal, como dientes que aspiraban a clavarse en su carne pero que solo mordían el aire. Lo mismo ocurría con las peleas entre vecinos, los desplantes y los chanchullos callejeros que inconscientemente me habían hecho relacionar el dialecto con la chabacanería y el desorden. Desde la infancia, detestaba que la costumbre de comerme las palabras estuviera tan arraigada en mí que hasta lo hacía con las del italiano. Para quedar bien con el maestro Benagosti, me había esforzado desde el primer momento, qué sé yo, diciendo *gesso* y no *gessə*. Pero en realidad, él no era tan distinto a mí, porque también se comía el final de las palabras; además, de pequeño, aún más que de mayor, me dejaba condicionar por la ansiedad y en los momentos de nerviosismo *quando* tendía a convertirse inevitablemente en *quandə*, *allora* tendía a convertirse inevitablemente en *allorə*, y la fonación adquirida en los primeros años de vida inoculaba su veneno corrosivo.

En definitiva, yo conocía muy bien aquel impulso que mi abuela se daba hacia arriba, porque me había humillado y en parte seguía haciéndolo. El napolitano aprendido y hablado desde que nací continuaba atentando contra el italiano que, en cambio, había aprendido sobre todo leyendo, y liberarme de mi primera lengua y apropiarme de la de los libros seguía siendo una pequeña guerra, como si me hubiera propuesto —no sabía exactamente cuándo— conquistar una cima en la que me sentiría a salvo. Así que reconocer el mismo esfuerzo en mi abuela, ahora que le parecía posible entrar en la universidad con su voz escrita, me pareció que la envilecía y destapaba mi vileza. Por eso, en un momento dado le dije con firmeza, como si me estuviera estropeando el trabajo y el éxito del examen: No hace falta que silabees ni que italianices las palabras, abuela, habla con normalidad.

Se enfurruñó, se le humedecieron los ojos, y entonces me apresuré a hacerle cumplidos: lo estaba haciendo muy bien, pero debía mostrarse tal y como era, es decir, permanecer dentro del perímetro de abuela escasamente escolarizada. Ella se recuperó poco a poco y trató de deshacer el nudo que le estaba trabando la lengua —'nzèrtə, trébbetə, truóghələ, péttolə, arapabuàttə—, y preguntaba sin cesar: ¿Voy bien? Muy bien, respondía yo, y cuanto más la animaba, más contenta se ponía y más palabras decía —appésə, appesesacíccia, muníglia, cernatúrə, scafarèa—, y la fastidiosa impresión de cercanía que yo había advertido al principio —los dos incómodos tanto con el dialecto como con el italiano— se iba transformando en una distancia igual de incómoda, como si ella hubiera empezado a correr en una dirección —para volver a un área relegada al miserable dialecto—, y yo en la opuesta —para ir al grano y saltar a un área de noble italiano—. A tal punto que si hubiéramos vuelto de nuestras regiones distantes y nos hubiéramos encontrado en la grafía de las fichas que iban apilándose sobre la mesa, probablemente habríamos descubierto que aquello era tan falso para ella como para mí.

25

No dedicamos a las fichas una mañana o dos, sino un tiempo indefinible, marcado por combinaciones de sonidos y símbolos, como si las horas estuvieran hechas de jarras, espumaderas, planchas, varillas y medidores.

Los efectos que surtió aquel trabajo sobre mi abuela, que hablaba, y sobre mí, que escribía, fueron muy diferentes. Ella, que había empezado prodigándose en atenciones para asegurar el éxito del examen, estaba cada día más abrumada. Acabó superada por el estruendo de su propia cabeza. Tenía la frente y las mejillas llenas de manchas moradas, la nariz de pimiento lustrosa de sudor y los ojos rejuvenecidos; le brillaban tanto que parecían habitados por muchos otros ojos. Empezó a darse aires como nunca había hecho. Cuando mis hermanos volvían de la escuela y mi padre del trabajo, se asomaban por turnos a la cocina para enterarse de qué pasaba, por qué la casa no olía a salsa, por qué la mesa no estaba puesta, y ella respondía contenta: Estamos haciendo el trabajo para la universidad, y se acercaba a los fogones remoloneando, murmurando sin ganas: Ya voy. Poco a poco nos sorprendió a todos olvidándose de barrer, quitar el polvo, hacer la colada, tenderla y plancharla. Hasta llegó a decirle a mi madre que, por un tiempo, tendría que cocinar, poner la mesa y quitarla en su lugar porque ella estaba demasiado ocupada. Fue como si al ponerla como fuente de mis estudios, la universidad le hubiera atribuido de golpe un valor insospechado que la liberaba de su papel como nuestra criada, como criada de cualquiera que hubiera entrado en su vida. Con mi padre, su enemigo acérrimo, también se volvió menos sumisa.

—¿Está de huelga, suegra?

—Sí.

—¿Y cuándo vuelve al trabajo?

—No lo sé.

Fue la única vez que eludió hasta su amor por mí. El hecho de que fuera yo el que estaba pendiente de sus palabras, de no tener que perseguirme con su afecto, la volvió imprudente e incluso descarada (Cállate un momento, coño, déjame pensar), y se me vino encima como un chubasco que no tiene el miramiento de comprobar si uno lleva paraguas. Estaba desatada, se sentía cada vez más autorizada a dar rienda suelta a sus manifestaciones prescindiendo de mis necesidades de estudio y experimentó un placer desconocido en destaparse —Escribe, *guaglió*, *scummiglià*, «destapar», lo contrario de *cummiglià*, «tapar», qué palabra tan bonita; una lleva una vida tapada, *cummigliàtə,* superada por la timidez, marcada por el miedo, y, de repente, se destapa, se *scummuóglia*—. Para subrayar lo que quería decir, hacia el gesto de quien se quita de encima las sábanas de la cama, el vestido, o incluso el silencio, y hacer aquel gesto la ponía muy contenta.

Al principio me esforcé en llevar el paso, pero pronto tuve un montón de palabras para el examen, incluso demasiadas, y cuantas más fichas redactaba más me parecía que el alfabeto y la grafía fonética perdían terreno y dejaban al margen gran parte del napolitano de mi abuela. Nada —pensaba yo— logra detener su carrusel, este material siempre excedente. Y cuanto más incontenible se volvía, más tendía yo a concluir: Basta, ¿por qué continúo redactando fichas? La escritura es otra tapadera que pesa sobre esta pobre vieja, esto tiene que acabar. Pero entretanto, me distraía, dejaba que siguiera destapándose, desgreñándose, lo cual le templaba el tono, subía el volumen de su voz y la acaloraba hasta tal punto que parecía que en sus ojos hubiera otros ojos, en sus gestos otros gestos, en su boca otras bocas, en sus palabras muchas, muchísimas palabras ajenas, un vocerío desordenado que ningún instrumento era capaz de registrar, y aún menos la escritura. Ah, cuánto tiempo estaba desperdiciando. Con el estudio, con el ejercicio, podía llegar a domar los ecos de la niña de Milán, darles una forma adecuada y duradera, eran un valioso regalo para cualquiera que quisiera ponerse a prueba. Pero aquellos sonidos frenéticos de mi abuela no eran reconducibles a una página, la literatura se retiraba, se retiraban el alfabeto y la grafía fonética. Creo que hubo un momento en el que no hablaba solo ella, sino su madre, su abuela y su bisabuela, y pronunciaban palabras que sonaban ancestrales, palabras de la tierra, de las plantas, de los humores, de la sangre, del trabajo; el vocabulario de las faenas que había desempeñado, el vocabulario de las enfermedades graves de niños y adultos. La fiebre reumática, la *artéteca* —decía, decían—, una inquietud insoportable que no se sabe cómo calmar; las convulsiones infantiles, las rabietas, desplomarse de golpe, desmayarse con los ojos en blanco; y el amor, el beso, *'o vase*, ah *vasarsi*, besarse, *guaglió*, no hay nada más bonito que darse un beso abrazados, muy agarrados... Si no lo entendéis, ¿de qué os sirve estudiar?

Cuánto se extendió en ese tema. Me habló del primer beso que le había dado su guapo marido veinteañero cuando ella tenía veintidós y nunca había permitido a nadie que la besara. El beso fue tan intenso que él se le quedó en la boca, que todavía sentía aquella boca en su boca y la voz de él era la suya, y cuando ella hablaba también hablaba él: las palabras que yo oía venían de un tiempo remoto y eran el aliento de los dos, la voz de los dos.

26

Acabamos con el beso. Mi abuela manoteó un poco y se quedó sin palabras; luego me anunció que lo había dicho todo. Mientras me retiraba con mis fichas al cuarto donde solía estudiar, la oí cantar con sorprendente sentimiento, pronunciando las palabras con claridad: *Vento, vento, portami via con te*. Luego calló y no recuerdo haber vuelto a oírla cantar.

Pensé a menudo en su nostalgia de los besos. Quizá yo besaba a Nina con demasiada prisa. Sus ojos y su boca me hechizaban, pero enseguida me moría de ganas por las otras partes de su cuerpo. Si al cabo de cuarenta años, lo que más recuerda mi abuela de su marido son los besos —me dije—, quizá Nina también los prefiera y desee que la bese más y con más intensidad. Sin embargo, no disponía de tiempo para remediarlo porque el día del examen se aproximaba y nos llamábamos poco y casi no nos veíamos. Estudiaba la importancia de la cavidad oral, pero no para los enamorados, sino para la glotología. Memorizaba tablas, distinguía consonantes bilabiales, labiodentales, dentales, alveolares, retroflejas, palatoalveolares, alveopalatales, palatales, velares, uvulares, faríngeas y laríngeas. Y si bien aquel léxico borró cada vez más la boca de Nina, gracias a él pensé a menudo en la boca de la niña de Milán y en cómo habría sido si se hubiera convertido en la boca de una mujer que pronunciaba oclusivas, nasales, vibrantes, fricativas, semivocales y vocales con el tono afinado de cuando me habló en la fuente. Ah, quién sabe qué habría estudiado además de ballet; quizá Filología moderna, o puede que Filología clásica como yo. Habríamos estudiado juntos la grafía fonética y habríamos mencionado a Boehmer, Ascoli, Battisti, Merlo, Jaberg, Jud y Forchhammer. Y entretanto, quién sabe, me habría gustado besarla y susurrarle en la boca palabras de amor mientras ella las susurraba en la mía por un tiempo infinito.

De vez en cuando salía trastornado del cuartucho y probaba a llamar a Nina. Cuando la encontraba, teníamos conversaciones de esta clase:

—¿Cómo vas con el álgebra?

—Bien. ¿Y tú con la glotología?

—Estoy estudiando.

—¿Has acabado con tu abuela?

—Sí.

—¿Quieres que pase por tu casa?

—Mejor que no, llevo retraso con los topónimos de los Abruzos y Molise.

—¿Todavía me quieres?

—Sí, ¿y tú?

—Sí.

Una vez me dijo:

—He hablado con tu amigo, tiene problemas con las matemáticas.

—Ah.

—Y le he dicho que le daré algunas clases.

—¿Y el examen de álgebra?

—Tú das clases particulares y estudias, yo haré lo mismo.

—A mí me pagan.

—Él también quiere pagar.

—¿Cuándo empiezas?

—Mañana.

—¿Irá a tu casa?

—No, en mi casa no hay tranquilidad, iré al cementerio.

—¿Le darás clase en la capilla, al lado del nicho donde mete el bocadillo de salchichón?

—Sí. Gano dinero y encima me divierto.

Me sentó un poco mal, pero no se lo dije porque la noté nerviosa y no quise discutir. Mi cementerio mental le molestaba, el real, en cambio, la divertía. Noté por primera vez el acento napolitano de su italiano. Como yo, italianizaba por comodidad las palabras en dialecto (por ejemplo, si tenía la impresión de que alguien le estaba tomando el pelo cariñosamente, decía: ¿Me estás *sfruculiando?*). Como yo, utilizaba construcciones sintácticas del dialecto (por ejemplo decía: *Quello è lui che mi prende in giro*). Como a mí, le costaba pronunciar el final de las palabras. Volví a estudiar pensando que si hubiera querido contar nuestra historia ateniéndome a la verdad, nuestros diálogos habrían producido un texto anómalo, contaminado, hecho para unos pocos, sin posibilidad de traducción; todo lo contrario de lo que yo necesitaba para cumplir la profecía del maestro Benagosti: llevar mis obras de ciudad en ciudad, de pueblo en pueblo, de idioma a idioma, y ser admirado por millones de lectores.

27

Faltaban pocos días para el examen de Glotología —inmediatamente después tendría que empezar a estudiar Papirología— cuando mi cabeza, ya bastante embotada, se calentó aún más. Estaba en el cuarto, repitiendo en voz alta los topónimos de los Abruzos y de Molise, cuando se abrió la puerta y apareció mi abuela, más encogida que de costumbre, pero no encarnada, sino palidísima. Se disculpó por molestarme, pero en casa no había nadie a quien pedir ayuda: las rodillas le cedían, tenía ganas de vomitar y lo veía todo negro.

Hice que se sentara, fui a buscarle un vaso de agua, y los colores le volvieron a la cara. Me dijo en un dialecto entrecortado, mal pronunciado, como si la lengua no quisiera obedecerla, que se había encontrado mal justo mientras pensaba que dentro de poco sería 2 de noviembre, día de Difuntos y por lo tanto de su marido. Pensó: Cuánto tiempo ha pasado, y sintió un escalofrío.

—¿Ahora te encuentras mejor?

—Sí.

Pero no se levantó ni volvió a la cocina; dijo que tenía miedo de encontrarse mal de nuevo y de morir antes de que le diera tiempo a ir a la tumba de su marido para la celebración.

—Eso no va a pasar —la tranquilicé.

—¿Y si pasa?

—Iré en tu lugar y le diré al abuelo que estás justificada.

Se echó a reír, quería darme un beso de agradecimiento pero la rechacé. Entretanto, no me dejaba estudiar; ella, que nunca me pedía nada, ese día quería algo. Se perdió en rodeos y al final me preguntó si después del examen podía hacerle el favor de acompañarla al cementerio porque había ahorrado para comprar cuatro luces.

—Después de Glotología tengo que estudiar para otro examen —me justifiqué tratando de escaquearme.

—Ah.

—¿Por qué quieres que te acompañe?

—Podría caerme.

—Siempre has ido sola.

—Pero ahora creo que no llegaría.

—¿Por qué?

—Esta mañana ha llegado la vejez.

La miré, postrada en la silla del cuartito, y no solo me vino a la cabeza el vocerío de muertos que la acompañaba, sino también la joven hermosa que había sido y que probablemente se agazapaba en alguna parte de su cuerpo, custodiando los besos dados y recibidos en la boca. Sentí de nuevo pena.

—De acuerdo —le dije—, me hiciste un favor y ahora te lo hago yo a ti.

—Gracias.

Pero entonces fui yo el que la retuvo. Tenía grabada en la mente la imagen de la joven viuda de antaño.

—Tras la muerte del abuelo, ¿nadie te volvió a proponer matrimonio? —le pregunté a bocajarro.

Todavía tenía cara de sufrimiento, pero el tema le gustó y se animó.

—Sí, tenía un montón de pretendientes.

Y empezó una conversación muy fluida que reproduzco sin usar su napolitano, harto como estoy de imitarlo inútilmente, sino recurriendo a los apuntes que tomé después en estado de gran agitación.

—¿Por qué no quisiste volver a casarte?

—Porque ninguno me gustó como mi marido.

—Pero él había muerto.

—Que hubiera muerto no significaba que ya no me gustara.

—Pero al cabo de un tiempo, te olvidarías de él.

—Yo quería acordarme.

—¿Por qué?

—Si la cuerda se rompe, la mandolina ya no suena.

—La palabra «acordarse» contiene el corazón, no la cuerda.

—Mejor. Cuando el corazón se rompe, llega la muerte. Pero yo todavía no he muerto y no me olvido de mi marido, está vivo.

Lo pensé un momento.

—Yo tampoco me olvido —dije.

—¿De quién?

Me preguntó con discreción si antes de Nina me había enamorado de alguien que no podía quitarme de la cabeza. Le dije que no era cuestión de amor, sino de recuerdos que no desaparecían del todo y no lograba entender por qué. Ella masculló descontenta que si pensaba en otra era porque no quería a Nina, pobre chica, qué guapa era. Entonces me vino a la cabeza un pensamiento que nunca había expresado con palabras, ni siquiera para mis adentros. Dije que a Nina la había encontrado y lo que te encuentras no es lo que eliges. La quería, sí, pero había otras cosas que me llenaban y me emocionaban más que ella. Se las enumeré: la lectura, la escritura y la muerte.

—Anhelo tan intensamente vivir, abuela, que siento que la vida peligra constantemente y la quiero retener a toda costa para no dejar que se me escape de las manos y que se acabe; es un desasosiego que siento aquí, en el pecho, creo, desde que murió la niña que jugaba en el balcón del segundo piso de aquel edificio azul cielo que había frente al nuestro.

—Y entonces, para estar seguro de que sabía de quién le hablaba, le pregunté—: ¿Te acuerdas de la niña de Milán?

—¿Qué niña de Milán?

—La que jugaba en el balcón del edificio de enfrente y que se murió ahogada. ¿Cómo es posible que no te acuerdes de ella?

Mi abuela me miró perpleja.

—No era de Milán y no murió ahogada.

—¿Cómo que no?

Negó con la cabeza.

—Era de Nápoles, como tú y yo, y murió con su abuelo, el profesor Paucillo. Los atropelló un coche cuando volvían de la playa en bicicleta.

28

A mi edad, me he acostumbrado a estos pequeños desbarajustes y cuando se arma alguno ya no me sorprendo. Mi vida es tan previsible que al despertarme pienso: Ojalá hoy pase algo, aunque sea malo, que me permita decir que no me lo esperaba. Estoy tan acostumbrado a no sorprenderme por nada —he visto, leído, oído, imaginado y vivido cosas de todos los colores, demasiadas— que no me asombraría ni siquiera que me dijeran: Ya que recientemente han muerto tantos viejos de manera atroz, a partir de hoy, por decreto del Todopoderoso, los viejos dejarán de morir. Por eso, aunque solo fuera para recordar el pasado, me gustaría desmontarme la cabeza, limpiármela y volver a montármela para poder exclamar, incrédulo como hace sesenta años:

—Pero qué dices, abuela, ¿la niña de Milán era de Nápoles?

—Y añadir en voz baja—: ¿Sabes de quién te hablo?

—Sí.

—Pues si sabes a quién me refiero, no me estás diciendo la verdad.

—Yo nunca miento.

—Ahora estás mintiendo. La niña hablaba el italiano más correcto que he oído en mi vida.

—Por fuerza, era hija y nieta de profesores. Su abuela también lo era, *guaglió*. Creía que pretendía cohibirme, en cambio era una buena persona. Cuando me la encontraba en la charcutería siempre saludaba la primera. Volví a verla una o dos veces en el cementerio. Charlamos un rato, compramos las luces y discutimos con los que las venden porque son unos ladrones: se quedan con el dinero y luego no funcionan o parpadean.

Lo sabía todo de aquella señora, la profesora Paucillo: Era la abuela paterna de la niña. Qué señora tan bien peinada, qué elegante... Iba a visitar el panteón de su marido y de su nieta; las desgracias que pueden pasarle a una familia son inimaginables. Todas las fiestas de guardar pasaba por el cementerio a saludarlos, eso decía, literalmente: He pasado a saludar. Qué bella persona. Mi abuela lamentaba no haber vuelto a verla. Puede que la profesora Paucillo se hubiera cansado de saludar a su marido y a su nieta, o quizá también había muerto. Esperé que se contradijera en algún punto, le hice preguntas, traté de indagar si al menos la madre de la niña, sus familiares o sus antepasados eran de Milán. No, mi abuela me aseguró que todos eran napolitanos.

—Por eso me alegro de que estudies y de que tú también vayas a ser profesor —añadió.

—¿Cómo se llamaba? —me decidí a preguntarle.

—Manuela Paucillo.

—¿Por qué no me lo contaste nunca?

—¿Qué querías que te dijera?

—Todo.

—Eras pequeño y te afectó mucho.

—Deberías habérmelo contado.

—Siempre tenías fiebre y llorabas mientras dormías, no puedes imaginarte lo preocupada que estaba. Los niños no deben saber nada de la muerte.

—No es justo.

—Sí que lo es. Si sabes de la muerte, dejas de crecer.

29

En los últimos días antes del examen estudié poco y me distraía sin cesar. Escribí páginas y páginas sobre la niña que ya no era de Milán. Trataba de superar una decepción, o al menos de entender los motivos. Llegué a la conclusión de que, como la mayoría de niños de la plaza, incluido Lello, que solía expresarse en italiano, había cometido un error; aquella figurita hecha de aire, que mientras la fuente borbotaba se había dirigido a mí en una mezcla de italiano de los libros y napolitano perfectamente articulada, me había parecido ajena a Nápoles. Es más —pensé al final para tranquilizarme—, aquellos queridos matices de su voz, que guardaba celosamente en la memoria y que habría querido plasmar con la grafía fonética, eran nada más y nada menos que residuos que su dialecto, que era el mismo que el mío, había dejado en la lengua refinada que la niña había aprendido en el seno de su familia desde su nacimiento.

El día antes del examen, probé a llamar a Nina para confiarle mi descubrimiento primero a ella y pedirle que fuera a hacerme compañía mientras esperaba mi turno para examinarme de glotología. Como no la encontré, probé con Lello. Él me respondió. Para empezar, le pregunté si podía reservar, para el 2 de noviembre, ocho luminarias a nombre de mi abuela; para ella era importante regalar a su marido una gran cantidad de luz. Lello se mostró servicial. El tono de su voz no era el de siempre, pero sonaba cordial, amigable a pesar de la impaciencia, como si tuviera prisa por acabar la conversación. Pero yo tenía mucho más que decirle.

—¿Has vuelto a pensar en la niña milanesa? —proseguí.

—Pues no.

—Siempre la llamamos la Milanesa porque no sabíamos cómo se llamaba.

—Quizá.

—Se llamaba Manuela Paucillo, qué nombre tan feo. Para eso era mejor no haberlo sabido.

—Ah.

—Y no era milanesa.

—Ah.

—Era napolitana.

—Por eso no me acordaba de ella, me habías confundido las ideas.

—Tú me las confundiste a mí, tú te inventaste lo de la Milanesa.

—No es posible, no soy capaz de inventar nada.

Solté una risita cómplice.

—Pero supongo que tienes acceso a algún registro o archivo. Quisiera saber dónde está enterrada y encargarte otras ocho luces para ella.

—A sus órdenes. ¿Las quieres por un día, dos, tres?

—Dos. Y una última cosa, luego te dejo tranquilo. He llamado a Nina y no la encuentro, ¿sabes algo de ella?

Hubo un instante de silencio.

—Está aquí.

—¿Y qué hace ahí?

—Clase de matemáticas.

—Ah.

—¿Quieres hablar con ella?

—Pásamela.

Oí la voz de Nina en la lejanía, su risa. Cuando respondió al teléfono, enseguida comprendí que el tiempo de la serenidad se había acabado definitivamente.

—¿Qué haces ahí? —pregunté.

—Tomar un café.

—¿Los dos solos?

—Él, su madre y yo. Tres cafés. Si vienes, te esperamos y serán cuatro.

—No puedo. El examen es mañana.

—Pues entonces me tomaré el café sin ti.

—Es a las once de la mañana, estoy muy nervioso. ¿Podrías hacerme compañía?

Silencio.

—Sí.

30

Cuando llegó mi turno, Nina todavía no había aparecido. Tomé asiento ante los examinadores con el corazón palpitante. El profesor, que hablaba muy bajo, me preguntó si sabía el nombre de algún topónimo abruzo (¿Con cuantas bes se escribe «abruzo»? Ahora que soy viejo vuelven a asomar las faltas ortográficas; ¿la muerte pondrá punto final al poco inglés, francés e italiano que sé?, ¿olvidaré la ortografía, me estrellaré en el dialecto de mi abuela?, ¿me abatiré disolviéndome como figura, sobre todo retórica?) compuesto por un sustantivo y un adjetivo. «Campotosto», respondí al instante. Acto seguido me preguntó por el famoso triángulo de las vocales de Hellwag, y a pesar de tener algunas dudas salí airoso. En cambio, cuando pasó a la escritura lalética de Forchhammer, hice mutis, y deberán perdonarme, pero sigo sin saber lo que es. En compensación, hablé mucho rato de las fichas y de la escritura fonética y conté que había interrogado a fondo a mi abuela, excosturera de guantes y ama de casa en la actualidad, cuyo dialecto estaba incontaminado. Mentí sobre el estado de sus dientes, dije que, gracias a Dios, a sus sesenta y cinco años los tenía casi todos. Fue un momento memorable. Mi examinador se entusiasmó por la función de las abuelas en general y por cómo había sabido valorizar a la mía en particular, me encomendó que la felicitara de su parte por la colaboración y al final me puso un veintisiete sobre treinta, una nota que me pareció altísima, un principio muy prometedor. Me hizo feliz constatar lo bien que había ocultado mi ignorancia.

Salí del aula aturdido por el éxito y busqué a Nina en el frío y sombrío cortile del Salvatore. La vi enseguida; no estaba sola, había acudido a la cita con Lello. Los separaba un metro de distancia, casi como si quisieran dar a entender que no se conocían, pero me bastó con mirarlos para comprender que estaban dentro de un círculo de fuego, el apoteósico final de un circo ecuestre. Los alcancé a buen paso.

—¿Cómo ha ido? —me preguntó Lello.

—Veintisiete.

—Bien hecho.

—Lo habría jurado —dijo Nina.

Estaba tan contento que no logré liberar —ante aquella pareja que se arrimaba para rozarse con urgencia aunque fuera un brazo— la sensación de angustia que permanecía a la espera en algún rincón de mí. Los señalé oscilando irónicamente el índice del uno al otro.

—¿Os habéis hecho novios?

Lello puso cara de aflicción.

—Todavía no. Queríamos decírtelo primero —respondió.

—Él —precisó Nina— quería decírtelo primero. Yo no. Son cosas que pasan.

—Y ha pasado.

—Sí.

—¿Por qué?

—No hay una razón —intervino Lello abochornado.

Me dirigí a él, lo más serio que pude.

—¿Qué hacemos?

—¿Qué quieres decir?

—¿Nos batimos en duelo?

Lello se rio y yo también. Nina se puso nerviosa.

—¿Por qué te tomas a broma incluso las cosas serias? —dijo.

No me lo tomo a broma: con un duelo lo mataría solo a él, me desahogaría y no sentiría la necesidad de matarte también a ti.

—Tu problema es que sigues siendo un niño.

—Y en tu opinión, ¿qué tengo que hacer para crecer?

—No lo sé.

A pesar de yo seguía de buen humor, Lello debió de verme angustiado y decidió acudir en mi ayuda cambiando de tema.

—Te he traído los recibos. Es un precio de amigo, te he dejado las luces a ochenta liras cada una.

Miré el total y lo pagué.

—Gracias —dije.

—Gracias a ti —respondió—, por todo: nunca he podido olvidar la espada de tu abuelo ni la fosa de los muertos. Qué bonitas historias, qué bien. También he encontrado el nicho de la tal Manuela. ¿Escribirás un cuento de terror sobre ella?

Me descubrí sacudiendo la cabeza con decisión; noté que la alegría se estaba desvaneciendo.

—¿En serio no te acuerdas de ella?

—Sinceramente, no.

Nina se entrometió, el sufrimiento de su voz me pareció sincero.

—¿Lo ves? Se le pasan a una las ganas de quererte.

Tenía razón, quizá para hacerme querer como se hacía querer Lello debía dejar de inventarme historias, del mismo modo que había dejado de batirme en duelo con la espada de mi abuelo. Pero, entretanto, me vino a la cabeza que si realmente renunciaba a escribir como había renunciado a considerarme capaz de realizar grandes hazañas, no solo desmentiría a Benagosti, sino que debería aceptar que no era excepcional bajo ningún aspecto.

—Este cabrón no sabe nada de la niña de Milán porque es una historia que todavía no he escrito. Pero si lo hago, la recordará, y Manuela Paucillo alcanzará la inmortalidad, a pesar de su nombre y apellido —le dije a Nina.

Di media vuelta y me dirigí al primer teléfono que encontré para decirle a mi abuela que había aprobado el examen.

—Diga —gritó ansiosa.

—Hemos aprobado, abuela, veintisiete, una nota muy alta.

31

Mantuve la promesa y acompañé a mi abuela a celebrar el día de los muertos con su marido. A las diez de la mañana todavía estaba oscuro, soplaba un viento salobre y nubes negrísimas se cernían sobre la ciudad húmeda de lluvia. Dejando aparte cuando era muy pequeño —ella juraba que me llevaba en brazos o de la mano a pasear y a tomar el sol por las calles de Nápoles—, nunca habíamos salido juntos, y aquella fue la única vez.

La visita al cementerio se convirtió en una proeza. La ciudad estaba embotellada, los autobuses atestados de gente circulaban a paso de hombre, la calle que conducía al cementerio era una procesión de familias que iban a visitar a sus difuntos. Mi abuela me pareció realmente frágil; caminaba a paso lento, colgada de mi brazo, con su vestido negro de calle, el bolso bien apretado contra el cuerpo por miedo a los ladrones. Sea como fuere, lo logramos. Cuando llegamos al nicho del abuelo, se separó de mí poco a poco y permaneció circunspecta delante de la losa de mármol donde había tres retratos en sepia con los nombres de su marido y de los padres de este. Él, el marido que se había caído del andamio, tenía el aspecto de un joven lozano que si hubiera podido ver a mi abuela se habría preguntado: ¿Y esta quién coño es? El mármol mojado brillaba a la luz de las luminarias encendidas que Lello había montado sobre una barra de hierro introducida en la ranura entre la lápida y el marco.

—Qué bonito, con toda esta luz —suspiró mi abuela, muy satisfecha, bajo la cúpula del paraguas.

—Me he prodigado —dije—, he hecho poner ocho.

—Muy bien, más vale derrochador que tacaño.

—¿Quieres rezar?

—No.

—Entonces, ¿qué haces?

—Hablo un poco con él, en mi cabeza.

Le hice una señal de asentimiento y le pregunté si podía dejarla sola diez minutos sin temor a que se fuera por ahí, a su aire, y nos perdiéramos. Me preguntó alarmada qué tenía que hacer con tanta urgencia y le mentí, le dije que creía haber visto a un amigo y quería saludarlo. Me dijo que sí a regañadientes, pero cuando estaba al fondo de la calle me gritó, como si fuera un niño: No corras, ten cuidado, no te hagas daño.

Localicé al guardián y le mostré el papel que me había dado Lello, con las indicaciones del panteón de la niña. Fue muy preciso: La primera calle a la derecha, luego a la izquierda, luego sube y luego baja. Me dirigí, bajo la lluvia y el cielo negro, al panteón de la familia Paucillo, donde la verja estaba abierta a pesar de que, como suele decirse, no había un alma viviente. El interior se hallaba en un estado de triste abandono: hojas secas llevadas por el viento, escorpiones, musarañas y tarántulas. Solo brillaban con luz propia las ocho luminarias montadas por Lello en la base del nicho, donde se leía: EMANUELA PAUCILLO, 1944-1952.

Puse cara de aflicción, escuché un rato el rumor de la lluvia y de las ratas. Luego no pude resistirme, cogí papel y lápiz y escribí: ¿Te importa que siga llamándote la niña de Milán durante el resto de mi vida? Doblé el papel y lo introduje en una de las dos ranuras con forma de cruz que cortaban el mármol. Pero en cuanto lo hice, las ocho luminarias se apagaron a la vez y el panteón se sumió en la grisura del mal tiempo.

Me asusté, pensé que Manuela Paucillo reclamaba su verdadera identidad y volví rápidamente con mi abuela bajo la llovizna. La encontré enfadadísima, al igual que los otros familiares de los difuntos. Vociferaban que siempre pasaba lo mismo en cada celebración del día de Difuntos. Pagaban un dineral por la luz, pero esta —Tramposos, ladrones, hijoputas, hijos de perra— primero estaba encendida, luego empezaba a chisporrotear y se apagaba, se encendía de nuevo y al final se extinguía definitivamente.

—Sí es así —dije entusiasta—, vamos a protestar.

—Sí —accedió mi abuela.

Nos pusimos en marcha, cinco o seis personas encabezadas por mi abuela y yo. En el trayecto nos topamos con otros cortejos de indignados; todos habían pagado para esclarecer lo más posible las tinieblas de sus muertos, y, entretanto, a pesar de lo que se habían gastado, allí abajo —algunos señalaban furibundos la tierra empapada de lluvia— estaba más oscuro que nunca.

Llegamos en bandada y nos agolpamos en la entrada. Dentro estaba oscuro y las cosas iban aún peor. Mientras nos abarrotábamos combativos en la planta baja, de los pisos superiores, donde las paredes de nichos no tenían luz, los familiares de los muertos, asomados a las barandillas, lanzaban gritos agudos, blasfemias de una sola palabra o compuestas en frases de gran originalidad, insultos a base de orificios violados o por violar, chasquidos de bofetones que se daban a sí mismos con suavidad, como si se prepararan para dárselos con mucha más contundencia a los cobradores, a los electricistas y a los cobradores-electricistas, a quienes también prometían restregar por la cara los recibos pagados.

Mi abuela se sintió lingüísticamente en su ambiente, yo un poco menos, era instruido y habría preferido protestar en italiano. Por no mencionar que quien se enfrentaba a aquella multitud no era una fila cerrada de malhechores, sino Lello, con su linda cara de marinero noruego, acompañado por Nina, quizá de visita o quizá en calidad de recién empleada. Al principio me preocupé por ellos, después me tranquilicé. Los miré y me pareció que hacían una buena pareja, invencible y provista de recursos contra la ira del mundo, y que sabrían resolver la situación con mano izquierda y pasión adulta, manteniendo a raya a los rebeldes y prometiéndoles medidas inmediatas para restablecer la corriente, todo ello en su italiano universitario un poco salpicado de napolitano. En aquel momento sentían exclusivamente la plenitud de la vida y su alianza los hacía tan felices que habrían disfrutado de aquel estado en cualquier lugar: en una comisaría, entre enfermos y heridos en la sala de urgencias de un hospital, en una trinchera o, naturalmente, ante los encolerizados familiares de los difuntos. Hasta yo, al mirarlos, veía en el contorno de sus refulgentes figuritas de vendedores de luz solo un ligero ribete de muerte.

32

Me empleé en borrarlo también, parecía el borde oscuro de las nubes cuando se resisten a que el sol las atraviese. Por eso seguí siendo su amigo e informándome acerca de los exámenes a los que se presentaban, y me alegré de que los superaran, como si nunca se cansaran ni se aburrieran. No volvimos a salir los tres juntos, por supuesto, pero me los encontré en un par de celebraciones: un cumpleaños y la boda de unos conocidos. También frecuentamos juntos un curso de inglés.

Nunca había destacado en ese idioma, no tanto en escribirlo cuanto en pronunciarlo. Era como alguien que quiere cantar, pero desafina. Cuando el profesor nos hacía conversar, nadie me entendía, sobre todo él. Nina y Lello, en cambio, eran muy buenos. Decían, por ejemplo, con una pronunciación perfecta, que *This Side of Paradise* era el *Fitzgerald's first book, the sensational story that shocked the nation and skyrocketed the author to fame.* Cuando los escuchaba me alegraba y por fin lograba ver su vida ligera, no ribeteada de luto. Eran bellos y dichosos. Me los encontré hace poco, y a pesar de ser ancianos, con tres hijos que rondan los cincuenta, refulgen como de jóvenes. Ni siquiera se les pasa por la cabeza pensar en el instante en que deberán levantar la losa de la fosa de los muertos. Así que, en mi opinión, nunca la destaparán.

En cuanto a mis asuntos personales, no hay mucho que decir. Renuncié a presentarme al examen de Papirología porque me provocaba ataques de pánico: no podía seguir soportando el Vesubio, la erupción, la casualidad que había salvado las palabras de Filodemo y no las demás. También me arrepentí de haber dejado en el panteón aquella nota para Emanuela Paucillo. Me imaginaba al estudioso que, al cabo de dos mil años, la encontraría, la leería y trataría de interpretar aquel breve texto; planeaba volver de noche al cementerio, quitar la losa de mármol, hacerme con la nota y destruir la vergüenza que amenazaba con sobrevivirme. Cuando pensaba en aquel nicho, lo ahuyentaba enseguida, molesto, y pasaba a imaginarme a Manuela en la universidad, como todos sus antepasados: una chica guapa, culta, dotada para el francés, el inglés y el alemán, prometida con un chico de familia acaudalada, que avanzaba por la vida más radiante que Nina, y que mientras despachaba sus asuntos por Nápoles pasaba de un italiano refinado a un dialecto aún más cerrado que el de mi abuela, como hacen desde siempre los bien nacidos de esta terrible y maravillosa ciudad.

En el mismo periodo de febril reeducación, volví a enamorarme. Me gustaban las voces de las chicas, y aunque faltaba mucho para que me graduara —en aquella convocatoria solo me presenté a Glotología— volví a echarme novia con la intención de casarme pronto. Entretanto, animado por mi futura esposa, traté de escribir cuentos, pero sin convicción. Leía algo sobre, qué sé yo, Cayo Julio César y redactaba los rasgos principales de un relato sobre su escriba, que incapaz de estar al paso con la dulce voz de su amo, que le dictaba los *Comentarios*, y cada vez más desalentado, página tras página, se transformaba por sorpresa en Vercingétorix. Leía *Los hermanos Karamázov* y me inventaba a un joven que para poder disfrutar de su propia vida tenía que pagar un tributo que equivalía al peso en oro de su corpulento padre. Leía algo sobre la pobreza extendida por el mundo e imaginaba un cuento sobre un hombre gordo y sensible que se hacía colgar del techo con unas barras candentes y se derretía gota a gota en los recipientes colocados a sus pies por los hambrientos del barrio. Leía a propósito de los trasplantes de riñón y esbozaba la historia de un chupatintas deprimido al que se le caían, literalmente, los ojos al suelo, y desde aquella perspectiva los globos oculares veían como él nunca había sido capaz de ver y, sobre todo, de verse.

Mi novia, a la que imponía la lectura de aquellos textos, al final siempre exclamaba: Qué agotamiento mortal desprenden tus personajes, qué infelices son. Por eso una tarde anoté: Bien mirado, siento que incluso las letras más vivas son letra muerta. A la mañana siguiente, me intimé a mí mismo: Basta con pretender que soy excepcional, basta con la ambición de que un día seré un *escairroquet* —ah, cómo me gustaba esa palabra—, catapultado a la fama con el primer libro; la literatura no es cuestión de buena voluntad, adáptate. Era lo que era, un aglomerado más de caduca materia viviente que debía superar los sueños de la infancia. Por eso, paso a paso, me propuse sacarme una carrera sin un esfuerzo excesivo, encontrar un trabajo honrado, desempeñar el papel de marido y padre afectuoso y obtener una vida satisfactoria en su conjunto. Y, una vez alcanzados mis objetivos, me dispuse a envejecer con bastante anticipo; casi un arte de la preadaptación.

Pero no sería sincero si no añadiera que durante aquella última fiebre de crecimiento mi abuela volvió a echarme una mano, y lo hizo enfermando y muriendo. Con su desaparición del mundo perdí de manera definitiva el empuje para hacer grandes cosas e incluso cuando, al cabo de muchos años, volví a garabatear historias, lo hice con una pasión sin pretensiones, consciente a aquellas alturas de que lo poco realmente vivo que uno hace viviendo se queda al margen de lo que escribe; los símbolos son, por naturaleza, insuficientes y, gracias a Dios, oscilan entre la anécdota y el desaliento. Solo me concedí una pequeña atenuante que sigo manteniendo: el placer de la palabra que en el momento parece la adecuada y luego deja de parecerlo, el placer que arrasa el cuerpo aunque escribas con agua sobre la piedra en un día de verano; y a quién le importa una mierda el consenso, lo verdadero y lo falso, la obligación de sembrar cizaña o de difundir esperanza, la duración, la memoria, la inmortalidad y todo lo demás.

El problema, si acaso, es que se trata de un placer frágil al que le cuesta abrirse camino entre las prioridades reales. Hace años que me digo: Ahora me pongo a escribir sobre Lello, Nina, Manuela Paucillo, y, de manera especial, sobre mi abuela, pero luego renuncio a hacerlo en pos de cosas que me parecen de más espesor. Es cierto que Marcel Proust encuentra a su verdadera abuela mientras busca el tiempo perdido, en *Sodoma y Gomorra,* pero si ya la mía no había resistido la comparación con la de Emanuela Paucillo, mucho menos lo habría hecho con la abuela de Proust. La dejaba caer sobre la página y al cabo de unos pocos renglones la volvía a poner en su sitio con desgana.

Así que, para tomar la reciente decisión de probar de nuevo, he necesitado la certeza alucinada de haberla entrevisto —cargada de espaldas, con la nariz de pimiento, muy bajita— estudiadamente escrita dentro de un ejemplar de pequeño tamaño, como ella; es suficiente —me dije— poner espacios entre las palabras, un punto y aparte por aquí y otro por allá y numerar los capítulos. Luego me puse a esbozarla día tras día, hasta esta mañana, usando como punto de arranque dos o tres bagatelas de psicología, ocurrencias y el lenguaje pintoresco que ella me dejó. Por ejemplo, la vez que le pregunté ¿Qué hay que hacer para morir?, o cuando me echó una mano con el examen de Glotología, para el que tuve que comprar, además de otros textos, un librito de menos de cien páginas, escrito por Aniello Gentile, que me costó mil cien y que más tarde perdí. El título era *Elementi di grafia fonetica* y había que estudiarlo para escribir los vocablos napolitanos que salían de la boca de los ancianos. Por comodidad, yo había elegido como fuente a mi abuela, Anna Di Lorenzo, que vivía con nosotros. Pero nadie la llamaba así, y para acordarse de que se llamaba Anna había que hacer un esfuerzo de memoria. Su nombre, para sus numerosas hermanas, era Nanní; para mi madre, mamá; para mi padre, suegra; para nosotros, sus cuatro nietos, todos chicos, *nonnà*, con el acento en la «a». *Nonnà* era un grito de exigencia, un imperativo intransigente, un deber de obediencia absoluta. A veces se escapaba de casa para fastidiar a mi padre, pero mis hermanos y yo la pillábamos antes de que llegara al último rellano de la escalera. Nos parecía muy anciana y normalmente vivía absorta en las tareas domésticas, sumisa, casi muda, así que nos sorprendía y nos alarmaba cuando de repente se rebelaba e intentaba la fuga.

Recuerdo que una vez volví tarde, había estado dando vueltas todo el día, y al llegar la casa estaba algo desordenada y todos estaban muy agitados: mi madre lloraba, había agua en el suelo de la cocina, una silla volcada, las ajadas zapatillas de mi abuela abandonadas —ella era muy ordenada—, una en el pasillo y la otra en el umbral de la habitación donde

dormía con mis hermanos pequeños. Había sufrido una apo-
plejía, dijo una vecina que había acudido en su ayuda. El
ataque le había hecho salir un poco de sangre de la nariz, tenía la boca torcida y no hablaba. Dejó de hacer las tareas
domésticas, se hizo un ovillo en una silla al lado de la ventana de la cocina durante semanas. Me miraba con el mismo
afecto de siempre, a pesar de haberse quedado con ojos de
susto, y cuando yo zanganeaba por la casa trataba de hablarme, pero no la entendía.

Pasaron los meses y una mañana no se levantó de la cama.
Mi padre gritó que necesitaba oxígeno —una botella—, pero
no había. No dijo: Id a buscar oxígeno o vuestra abuela mo-
rirá. Ni siquiera echó mano a la cartera, a sabiendas de que
nosotros teníamos poco dinero y si encontrábamos la botella
en alguna farmacia quizá no sería suficiente para comprarla.
Lo dijo con angustia, con dolor, para sí mismo, o quizá hablaba con el techo, con el paraíso o con los santos, pero no
con mi hermano ni conmigo. No obstante, nosotros cogimos
la puerta, nos precipitamos escaleras abajo y corrimos por
piazza Garibaldi y por Forcella, no tanto, creo, con el propósito de salvar a nuestra abuela de la muerte, sino para huir del
hecho insoportable de que estaba muriéndose.

En efecto, cuando volvimos, sin oxígeno, había fallecido.
Hoy pienso en cuántos familiares y en cuántos parientes leja-
nos, en cuántos amigos y conocidos han muerto en estas dé-
cadas. Si hago una lista detallada, empezando por la niña de
Milán y mi abuela, me asombro de que sean tan numerosos,
parecen incluso más que las víctimas de la pandemia del este
año y del pasado. La primera persona que vi sin vida fue a

ella. El rostro, blanquísimo, parecía colgar de los huesos de la nariz y extenderse sobre las mejillas como un pañuelo. La besé en la frente y descubrí que su temperatura era la de un jarrón, una azucarera, un bolígrafo o la máquina de coser en un día de invierno. Sentí un dolor muy agudo en el pecho, enseguida me arrepentí de haberla besado. Con ella también murió, de manera definitiva, la niña de Milán.

Glosario

El napolitano es una lengua romance que fonológicamente se distingue del italiano por una reducción vocálica en el interior y al final de las palabras. La transcripción fonética presente en el texto, objeto de estudio por parte del protagonista, permite recrear la fonación de la abuela, fuente principal del material.

Addò cazzo sí ghiuta accusí impenacchiata, Addò cazzə sí ghiutə accussí 'mpennacchiatə?: «¿Dónde coño vas tan acicalada?».

Allora, allorə: Entonces.

Appesa, appésə: Colgada.

Appesacícciə: Gancho para la carne.

Buttéglia: Botella.

Caccavèlla: Olla.

Cernatura, cernatúrə: Polvo de carbón.

Chiocchiò, paparacchiò, i miérgoli so' chiòchiari e tu n: Variante del proverbio napolitano *Chiò, chiò, paparacchiò, cevezo mio*, algo así como «Tontorrón, follón, los mirlos son tontorrones y tú no».

Chisto è 'o maciniéllo: «Esto es un molinillo».

Cummiglià: Tapar.

Cummigliata, cummigliàtə: Tapada.

Cummuógli: Tapón, tapadera.

Franfellík: Caramelo.

Gesso, gessə: Tiza.

Guaglione, guaglio', guaglió: Chico malo de la calle, granuja, pillo, golfo; muchacho en el lenguaje actual. Vocablo aceptado en el idioma italiano.

Inzèrto, 'nzertə: Injerto.

Maciniéllo: Molinillo.

Muniglia, munígliə: Limpiar.

Nonna, nonnà, no': Abuela.

Péttola, péttolə: Faldón de la camisa. Por extensión, masa estirada con el rodillo.

Pirciàre o pircià, percià, apócopes de *pirciàre*: Agujerear, escurrir.

Pirciatèlla: Vocablo napolitano que en castellano puede traducirse como espumadera, utensilio de cocina consistente en un disco algo cóncavo, con agujeros, con un mango largo, que se emplea especialmente para sacar los fritos de la sartén y espumar el caldo u otra cosa que hierve. También se aplica al filtro de la cafetera.

Pirciato, perciàtə: Agujereado, escurrido.

Pronto, pront: Diga.

Quando, quandə: Cuando.

Quello è lui che mi prende in giro: «Ese es el que me toma el pelo». Construcción sintáctica napolitana.

Rattacàsa: Rallador.

Scafarèa: Sopera de barro cocido.

Scazzamauriéllo, apocopado *scazzamaurié*: Duendecillo o espíritu benigno.

Schiera: Grupo, multitud.

Scolapasta: Vocablo italiano, variante común de *colapásta*, escurridor.

Scummiglià, scummuóglia: Destapar, destaparse.

Sfruculiare, sfrugugliare: Tomar el pelo, hacer preguntas indiscretas.

Tiàna: Cazuela.

Tièlla: Fuente.

Trebbete, trébbeto: Trípode

Truologo truóghələ: Recipiente de madera donde comen los cerdos o los pollos. Cuévano.

Uoglio, uogliə: Aceite.

Vase: Beso.

Vasarsi: Besarse.

Votapésce, votapesco: Vocablo napolitano sinónimo de *pirciatèlla*.

Algunos títulos imprescindibles
de Lumen de los últimos años

Escrito en la piel del jaguar | Sara Jaramillo
El hombre que mató a Antía Morgade | Arantza Portabales
Residencia en la tierra | Pablo Neruda
Escritoras. Una historia de amistad y creación |
    Carmen G. de la Cueva y Ana Jarén
Elegías de Duino. Nueva edición con poemas y cartas inéditos |
    Rainer Maria Rilke
Limpia | Alia Trabucco Zerán
La amiga estupenda. La novela gráfica | Chiara Lagani
    y Mara Cerri
La hija de Marx | Clara Obligado
La librería en la colina | Alba Donati
Mentira y sortilegio | Elsa Morante
Diario | Katherine Mansfield
Cómo cambiar tu vida con Sorolla | César Suárez
Cartas | Emily Dickinson
Alias. Obra completa en colaboración | Jorge Luis Borges
    y Adolfo Bioy Casares
El libro del clima | Greta Thunberg y otros autores
Maldita Alejandra. Una metamorfosis con Alejandra Pizarnik |
    Ana Müshell
Leonís. Vida de una mujer | Andrés Ibáñez

Antología poética | Edna St. Vincent Millay

La intemporalidad perdida | Anaïs Nin

Ulises | James Joyce

La muerte de Virginia | Leonard Woolf

Virginia Woolf. Una biografía | Quentin Bell

Madre Irlanda | Edna O'Brien

Recuerdos de mi inexistencia | Rebecca Solnit

Las cuatro esquinas del corazón | Françoise Sagan

Una educación | Tara Westover

El canto del cisne | Kelleigh Greenberg-Jephcott

Donde me encuentro | Jhumpa Lahiri

Caliente | Luna Miguel

La furia del silencio | Carlos Dávalos

Poesía reunida | Geoffrey Hill

Poema a la duración | Peter Handke

Notas para unas memorias que nunca escribiré | Juan Marsé

La vida secreta de Úrsula Bas | Arantxa Portabales

La filosofía de Mafalda | Quino

El cuaderno dorado | Doris Lessing

La vida juega conmigo | David Grossman

Algo que quería contarte | Alice Munro

La colina que ascendemos | Amanda Gorman

El juego | Domenico Starnone

Un adulterio | Edoardo Albinati

Lola Vendetta. Una habitación propia con wifi |
    Raquel Riba Rossy

Donde cantan las ballenas | Sara Jaramillo

El Tercer País | Karina Sainz Borgo

Tempestad en víspera de viernes | Lara Moreno

Un cuarto propio | Virginia Woolf

Al faro | Virginia Woolf

Genio y tinta | Virginia Woolf

Cántico espiritual | San Juan de la Cruz

La Vida Nueva | Raúl Zurita

El año del Mono | Patti Smith

Cuentos | Ernest Hemingway

París era una fiesta | Ernest Hemingway

Marilyn. Una biografía | María Hesse

Eichmann en Jerusalén | Hannah Arendt

Frankissstein: una historia de amor | Jeanette Winterson

La vida mentirosa de los adultos | Elena Ferrante

Una sala llena de corazones rotos | Anne Tyler

Un árbol crece en Brooklyn | Betty Smith

La jurado 272 | Graham Moore

El mar, el mar | Iris Murdoch

Memorias de una joven católica | Mary McCarthy

Poesía completa | Alejandra Pizarnik

Rebeldes. Una historia ilustrada del poder de la gente |
    Eudald Espluga y Miriam Persand

Tan poca vida | Hanya Yanagihara

El jilguero | Donna Tartt

El viaje | Agustina Guerrero

Lo esencial | Miguel Milá

La ladrona de libros | Markus Zusak

El cuarto de las mujeres | Marilyn French

Qué fue de los Mulvaney | Joyce Carol Oates

Cuentos completos | Jorge Luis Borges

El chal | Cynthia Ozick

Este libro
terminó de imprimirse
en Barcelona
en febrero de 2023